隱藏在**黑暗**中的**真相**，不到最後不見光

亞佛烈德·希區考克 著
關明孚

紅粉女賊

ALFRED HITCHCOCK

驚悚大師**希區考克**短篇小說集

用人肉餵養的雞、被擺在桌上多年的頭骨、非人類的拳擊手、成為偽證的錄音檔……

驚悚大師希區考克的黑色幽默，

就像海龜湯一般，不到最後一刻，永遠不會知道事情的真相！

目錄

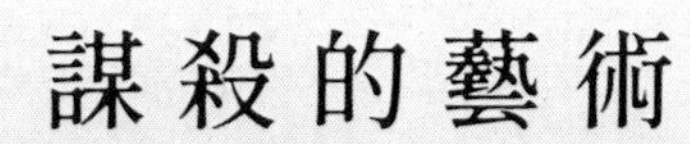

謀殺的藝術

我最喜歡讀的小說是犯罪小說。

最近，我就從一位著名的犯罪小說評論家那裡看到了一句非常有趣的話，他說：「天下最優秀、最扣人心弦的犯罪小說當數那些重在揭示犯罪動機的小說，因為『為什麼犯罪』與『誰犯罪』和『怎樣犯罪』是同等重要的。」

這句話在我內心深處引發了巨大的共鳴，為什麼這樣說呢？坦白地講，我自己就是一個謀殺者。

我覺得這位評論家的話非常符合實際。因為，作為一部優秀的犯罪小說，作者應該花費大量筆墨去描寫謀殺者的性格特點和心理動機，而不是把筆墨浪費在敘述犯罪手法方面。

我始終認為，謀殺者行凶殺人的過程並不重要，因為無論怎樣，犯罪手法只不過是一種方式和手段罷了，而真正值得尋味的是，謀殺者究竟為何殺人？

還有一點是必須注意的，那就是謀殺者們在作案時，往往是非常小心謹慎的，他們很少會出錯，當然這其中也包括我。至於一些倒楣的傢伙之所以被警察逮住，那是因為他們不小心出了錯，而恰恰又引起了警察的注意。從總體上來說，我們這一類人還是非常出色的。雖然國家為了對付我們設立了各種機構，雖然在執法部門裡堆放著厚厚的案卷，但你再和監獄裡實際關押的案犯人數相比，你就會明白了——

身陷囹圄的謀殺者永遠是少數，而大多數都像我一樣 —— 逍遙法外。

人們往往一聽到「謀殺者」這個詞語時，第一反應就是認為這些人是瘋狂的怪物或無情的殺手，他們凶狠、殘忍、嗜殺、毫無理智……但我要告訴你，實際上，優秀的謀殺者都很正常，他們都有縝密的思維、過人的智商和堅忍不拔的性格。至於他們與普通人的區別，就在於他們把「人不為己，天誅地滅」視做一個鐵的原則，視做一種人生的信條！

為了讓世人真正地了解我們這些謀殺者，也順便為那些靈感枯竭的偵探小說家提供一點寫作素材，我決定現身說法，把我的所作所為寫出來供大家分享。不過，什麼該透露，什麼不該透露，我自有分寸。警察絕不會根據我寫的內容來逮捕我，這一點請各位讀者放心。

那麼接下來，我的故事就正式開始了。

許多人誤以為，我是出於巨大的仇恨才殺了蘇珊，其實這是一個誤會。我殺蘇珊時，對她並沒有多大仇恨，曾幾何時，我還非常喜歡她，甚至還差點和她結婚。可惜的是，那個該死的第三者布內斯威特從我的手中奪走了蘇珊。自從蘇珊和布內斯威特結婚的那天起，我就斷言，她這輩子都將無法獲得幸福。

天知道蘇珊究竟是被布內斯特的哪一點所吸引？

布內斯威特是一個非常粗鄙的傢伙，性情像野牛一樣粗暴，言談舉止也鄙俗不堪。但他有一顆聰明的腦袋。他早年辛辛苦苦工作，存了一些錢，然後他用這些本錢投資股票，精明的眼光加上一點點狗屎運，很快就賺了個缽滿盆滿。

許多人在突然賺到大錢之後，便沉湎於聲色犬馬，將賺到手的錢揮霍出去。可布內斯威特卻不然，他對消費不感興趣，而是繼續以超人的冷靜、獨到的眼光捕捉每一個賺錢的機會，因此，他的則富成倍地增加。

當經濟大蕭條到來的時候，布內斯威特的大部分財富也和別人一樣憑空蒸發了，但他並不氣餒，也絕不放棄，反而用僅存的那點資金繼續大批吃進那些幾乎便宜到白送的股票。就這樣，當股市的寒冬過去，經濟重新復甦的時候，他的腰包又迅速膨脹起來。這個傢伙！一想起他我就恨得咬牙切齒，可又拿他一點辦法都沒有。

現在回想起來，當初也怨我自己，我真不該讓蘇珊透過我認識布內斯威特。

當蘇珊認識布內斯威特後不久，就被他的所謂「成功」和「風度」吸引住了。後來，蘇珊跟著他去了歐洲，就跟我說拜拜了。

蘇珊的離去讓我傷心欲絕，想不到我對她的一往情深竟然換來如此結局。大約過了半年之後，我才逐漸從失戀的傷痛中恢復過來。我發誓，這輩子我都不要再見到她了！

可沒想到，僅僅八個月之後，蘇珊就又出現在我的面前。

那天，我正在客廳裡看電視，忽然聽見有人敲我家的後門。我打開門，只見蘇珊正提著行李箱，落寞地站在門前的臺階上。雖然我不太情願，但念及舊情，我還是請她進了屋。

在柔軟的長沙發上，她開始把這八個月來不堪回首的經歷講給我聽。果然不出我之所料，蘇珊與布內斯威特結婚後不久，他那粗鄙的習氣、自私自利的本性便暴露無遺。蘇珊無法忍受他的粗野和蠻橫，無奈之下，便想到了我。她覺得，我曾經深愛過她，看在過去的情分上，也一定會幫助她的。

可惜，她判斷錯了，此時的我已經和當初判若兩人了。實際上，她剛甩掉我之後，我感到非常難過，為了努力將她從我的記憶中抹去，我只好拚命地經營我的小農場，只有在累得筋疲力盡時，我才不會因思念她而徹夜難眠。在我的苦心經營和機械的幫助下，一個偌大的農場被我管理得井然有序。相比蘇珊，我現在更愛農場裡的動物們。

如果蘇珊回來，我的平靜生活就將被打亂，但為了安頓她，我不得不給她找點工作做，可她也只能做些無關緊要的工作。我最擔心的是，她不但幫不上什麼忙，恐怕還會給我添亂，尤其是我農場裡那三十隻雞，此時正處於生長的關鍵時期，絕不能出任何意外！

現在我對蘇珊已經沒有任何興趣了，但是，我又找不到一個合適的理由把她趕走。

而蘇珊呢，她也把我視做最後的救命稻草，看這架勢，是一定要留在我這裡了。你看，她故意選擇傍晚時分來我家，因為她知道，在這個時間，她無法找到其他地方投宿，也趕不上返回迦納斯堡的火車。可是一旦我把她留下來，一夜之間，我們之間的堅冰就會打破，到那時，要再想讓她走就不那麼容易了。畢竟，我曾經深愛過她，而且，當時我還親口向她承諾，無論我與她之間發生什麼事，如果她遇到了麻煩，隨時都可以來找我。要知道，我這個人給朋友們的印象一直是個言而有信的正人君子，如果她向我的朋友們宣揚在她需要幫助時我如何食言，那我再也沒有面目去見我的那些朋友們了。

就在我腦子裡飛速權衡這一切時，蘇珊還在絮絮叨叨地敘說她丈夫對她如何粗暴。表面上，我似乎在認真地聽她講述，甚至偶爾還附和一兩句，但在我心裡，一直在思索著該如何擺脫她。最後，她的口氣開始讓我無法容忍 —— 好像我幫助她是天經地義、責無旁貸的事，甚至還大談我應該怎樣幫助她。「這個該死的女人！妳以為妳是誰啊？」我的心裡已經暗暗發火了。

儘管我心中早已不勝厭煩，但表面上還是不動聲色，依舊擺出一副洗耳恭聽的姿態。隨著她的到來，我良好的生活狀態將一去不復返，我本已平靜的內心將會再起漣漪，甚至我的錢包也要跟著遭殃 —— 我要承擔她的一應開銷，包括還要出錢替她請律師打離婚官司……總之，她彷彿一個災星，讓我的美好生活化為泡影。看著她喋喋不休的樣子，我越想越惱火，真恨不得一把掐斷她的脖子。

終於，我這樣做了。這是我平生第一次掐死一個人。說實話，掐死一個人可比想像中要難得多。

首先，我假裝答應幫助她，然後繞到沙發後面，用手臂摟住她的脖子。天真的蘇珊還以為我要和她親熱，可我的手臂卻逐漸用力，勒得她喘不過氣來，她的雙手拚命揮舞，雙腳用力亂踢，可我在她身後，她根本傷不到我分毫。最後，她的手腳再也不動了，身子也癱軟了下去，我仍然沒有鬆開手臂，直到確信她真正斷氣為止。

當我再次端詳蘇珊的時候，她已經成為一具靜靜地躺在沙發上的屍體了。由於缺少新鮮血液，她的臉變成了紫黑色，舌頭也吐了出來，幾分鐘前還是一副漂亮、迷人的面孔，現在卻變成了一張令人毛骨悚然的死人臉，甚至連剛才還顯得烏黑亮麗的秀髮，現在也變得黯淡無光。蘇珊就這樣在我的手中香消玉殞了。

我把手指伸到她的鼻子前，確認她已經徹底死去。然後我把她伸出來的舌頭塞回她嘴裡，開始進行毀屍滅跡的工作。在這裡我要指出：在許多偵探小說裡，謀殺者總是為如何銷毀屍體而束手無策。其實這並不準，我僅僅花了一個晚上就讓蘇珊從這個世界上消失了。

按理說我無須這麼匆忙，因為，蘇珊的失蹤最起碼要到幾個星期後才會引起別人的注意。可是，我一想到可以把自己的計畫付諸實施，我就無法控制地躍躍欲試。總之，到了第二天早上，我已經完成了處理蘇珊屍體的工作，然後就像往常一樣，又在我的農場裡忙碌起來了。

大約過了三個星期，這天下午，當地警察局的警官約翰·斯隆來到我的農場，向我打聽蘇珊的行蹤。

斯隆警官是個非常有意思的人，他在工作中和下班後的形象截然不同。斯隆警官下班後，經常到維金的酒吧去喝酒，喝到盡興時，還會當眾表演槍法 —— 他先是背對靶子，然後突然轉身，以閃電般的速度從腰間拔出兩把左輪手槍，準確無誤地擊中靶心。同時，他還會像電影裡的西部槍手那樣，朝槍管上吐口唾沫，讓槍管冷卻，然後迅速地將槍收回槍套。他的精彩表演總能博得觀眾們的大聲喝采。然而在工作中，約翰·斯隆警官則是另一副模樣，他嚴謹、警覺、精明、忠於職守，絕不放過一個壞人。總之，斯隆警官既有百發百中的槍法，又有精妙絕倫的演技，還具備一切優秀警官所具備的能力。這麼說吧，他是警察隊伍裡的佼佼者。

這次，從斯隆警官的問話中，我也感到苗頭有些不對 —— 他一定認為蘇珊的失蹤與我有關。

可能是有人報案說蘇珊失蹤了，於是斯隆警官就順藤摸瓜找到了我這裡。對此我早有防備，我坦誠地告訴他，蘇珊曾經是我的前女友，而且三週前的確曾經來到我這裡試圖破鏡重圓，但是，被我拒絕了之後，她便獨自離開了。

「蘇珊的丈夫在報紙上刊登了尋人啟事，」斯隆警官說，「蘇珊從你這裡離開之後，你為什麼不向警方報告呢？」

我回答說：「首先，我從不看報紙，根本不知道尋人啟事這回事；其次，就算是看到了啟示也不會向警方報告的，因為蘇珊是不堪丈夫的粗暴對待才離家出走的，我怎能讓她再入虎口呢？」

我的回答滴水不漏，斯隆警官一時也無話可說。

隨後，我告訴斯隆警官：蘇珊此次來找我是希望我能收留她，可是被我拒絕了。我們一言不合便吵了起來，蘇珊一氣之下便跑了出去，連行李箱都沒拿。「這不，她的行李箱現在還在我家呢！」我對斯隆警官說。

斯隆警官提出要看看蘇珊的行李箱，我便取出箱子，請他打開檢視。

箱子沒有上鎖，他打開箱蓋，只見裡面有個灰色的手提袋，袋中裝著一些女人的用品，比如耳環、鑽石戒指、珍珠項鍊等等，還有一些零錢。在箱子裡還找到了幾把鑰匙，其中一把就是這箱子的鑰匙。此外，箱子裡還有幾件蘇珊的衣服——其實，那些衣服都是我在殺死她之後，從她身上脫下來放進去的。當然，我是戴著手套做這一切的，箱子裡絕沒有我半點指紋。

見行李箱裡沒有什麼有價值的線索，斯隆警官便問我：「那天晚上蘇珊穿的是什麼衣服？」

我早就料到警官會問這個問題，於是我便含糊其辭地回答了一通。斯隆有些半信半疑，他指著箱子中的一件衣服說：「有目擊者告訴我說，蘇珊那天是穿著這件衣服來到你家，可它為什麼卻在箱子裡呢？」

對此，我當然是一口否認，並堅稱那位目擊者是因為天黑看走了眼。最後，斯隆警官也信以為真了。

隨後，我又很得體地回答了幾個不太重要的問題，斯隆警官便帶著蘇珊的物品回警察局去了。

在接下來的幾天裡，警察再也沒有上門。我的生活又恢復了往日的規律——每天晚上，我照例要去約翰．斯隆常去的那個酒吧喝酒。但奇怪的是，這幾天斯隆警官一直都沒露面。

我清楚，警察遲早還會找上門來，因為蘇珊最後一次被人看到，是在我的家門口，所以警方肯定認為我的嫌疑最大。果不其然，一週後，斯隆警官又登門拜訪了，這次並不是他一個人，而是和另外兩個人一起來的，其中一個是康斯坦布．巴利，別看此人其貌不揚，年紀輕輕卻早已謝頂，但他也頗有手段，居然把村裡有名的美女瑞蕾．奧多追到手了；另一個我不認識，只見他身材高大、面容英俊，經斯隆警官介紹我才知道，原來他是從迦納斯堡來的中央情報局的探長——本．理布伯格探長。後來我才知道，這位探長還是個技藝高超的調酒師，尤其擅長發明新的雞尾酒和其他混合酒配方。

理布伯格探長首先對他們三人的貿然登門造訪表示歉意，隨後便提出，想在我的農場裡四處看看。顯然，是有人向警方報告說看見蘇珊走進我的農場，然後就再也沒出來過，因此探長他們懷疑，一定是我把蘇珊藏在農場裡了。

我則顯得非常大度，對他們說，我很願意配合警方的工作，我對蘇珊的失蹤也深感遺憾，並希望能盡自己的一份力。

於是，我當嚮導，引著他們三人到農場各處轉。我一邊帶著他們看，一邊向他們介紹我經營農場的理念 —— 把農場設計成一個小小的生態圈。我首先帶他們看了廚房，廚房裡有一個混凝土砌的蓄水池，上面安裝了一個手搖泵，出水管則通向浴室，下雨時，雨水就被儲存在池子裡，供我日常洗澡使用。在屋頂，還有一個蓄水箱，蓄水箱被我塗成黑色，夏天，水箱吸收了陽光的熱量，這樣我就有了免費的溫水。

接著，我又帶他們看了煤倉。煤倉就建在廚房的旁邊，煤倉的出煤口直接通向爐子，這樣一來，添煤就變得非常輕鬆省力了。

隨後，我們又來到了一棟長達三百英呎的雞舍，剛走到近前，我們就聽見母雞下蛋後的得意叫聲，每天，都從這裡源源不斷地生產著雞蛋。在雞舍旁，是我新建的人工孵化室。

接下來，我們走到了倉庫。這間倉庫是用波紋鐵皮搭建成的，裡面擺放著各種農用機具，既有曳引機、脫粒機、打穀機、粉碎機等，也有像苜蓿收割機這樣的小機具。靠近牆壁的一面，還堆放著耙、犁等農具。出了倉庫，我指給他們看外面成排的大型儲存罐，那是我用來配製畜禽飼料的，我用玉米粒、玉米粉、花生粉、骨粉等原料配製不同的混合飼料。

警察們似乎對這些大罐子非常感興趣，他們目測這些罐子的直徑、體積，還在本子上記著什麼。

最後，我帶他們來到我的耕地。那一片綠油油的是苜蓿，黃褐色的是種植玉米和其他穀物的耕地，耕地附近還有一個水塘，用來蓄水灌溉。一群群奶牛、公牛和馬在草地上悠閒地吃著草。

我帶著他們把農場裡裡外外都看了個遍，看得出來，他們都很失望。最後，他們向我道了聲謝，便匆匆離開了農場。

又是一個星期平靜地過去了。後來，他們不得不使用最後一招 —— 監視。為了監視我，康斯坦布·巴利每天都有意無意地從我的大門前走過，藉機觀察我的草坪和屋子，這讓我真是難以忍受。

這幫警察實在是太討厭了！我決定戲耍一下他們。他們不是懷疑蘇珊的失蹤和我有關嗎？好！那我就索性到外地去躲幾天，製造畏罪潛逃的假象，讓他們也手忙腳亂一番。

第二天一早，我在雞舍的食槽裡加了足夠吃三天的飼料，並為飲水器注滿了水，我還為馬和牛準備了足夠的草料。當我把農場的工作安頓好之後，便開車迅速離開了。我駕車來到距離農場五公里遠的一處樹林，將汽車開進樹林的深處藏了起來。

我背起行囊下車步行。我知道，在布利切特金礦不遠處有許多地下洞穴，那裡人跡罕至，更不會有警察來打擾，那裡是我最好的藏身之地。

接下來的幾天，我都是在洞穴裡舒舒服服度過的。餓了，我就吃行囊裡的食物；睏了，我就美美地睡上一覺；其餘的時間，我就藉助著行動式閱讀燈安安靜靜地讀我的偵探小說，那些偵探故事都挺生動，只是裡面的偵探不怎麼厲害。

三天之後，我原路開車返回農場，真巧，我回到農場後碰到的第一個人就是斯隆警官。在斯隆警官的臉上，我居然同時看到了多種表情 —— 詫異、興奮、驚喜、好奇、探詢、友誼和遺憾，我真沒想到，人類的臉上居然可以同時浮現出這麼多的表情！

斯隆警官好不容易才恢復了正常，他拉著我的手問道：「這幾天你去了哪裡？我們到處找你！」

「為了尋找蘇珊的下落，我到布利切特金礦附近的地下洞穴去了。」我鎮定地告訴他，「我擔心她在那一帶迷路或者被困在洞穴裡。」

「那你一走就是三天三夜？」斯隆警官問。

「哎，別提了！」我皺著眉頭說，「剛進入洞穴，我就在裡面迷了路，好不容易才轉出來。蘇珊沒找到，自己的性命也差點搭了進去。」

說這話時，我注意到斯隆警官一臉的懊悔神情，我猜他心中一定後悔自己把網撒得又遠又大，卻沒想到我根本就沒離開這個地區。

正當我想再解釋一番的時候，這才注意到，我的農場好像出了一點亂子 —— 許多人正在忙忙碌碌地找著什麼，把農場翻得亂七八糟，就像一個攪動的螞蟻窩一樣。後來我才明白，原來在我外出這幾天，二十多名警察每天都到農場來，進行大規模的搜查活動。

警察們搜遍了農場的各個角落，屋裡、屋外，甚至連房頂和地下都沒放過。一些人趴在地板上敲敲打打，想看看地板下是否有隱藏的暗室；一些人揮舞著十字鎬，把原本平整的院子刨得坑坑窪窪；還有一些人居然衝著水塘和耕地指指點點，似乎要把水塘裡的水抽乾，把耕地也翻個底朝天。雖然我看不到倉庫裡的情況，但我敢斷定，裡面肯定也有人在搜查，因為倉庫門口撒了許多玉米粒、苜蓿苗。

我最放心不下的還是那些生蛋的母雞，於是急忙跑到雞舍檢視。這裡更熱鬧了 —— 警察們把雞趕到一間空的倉庫，然後把雞舍地上鋪著的厚達六英寸的乾草都掀開，就為了檢視下面是否藏著東西。還有幾個警察甚至把十字鎬也帶來了，他們準備掘開雞舍的水泥地面，真是不到黃河不死心啊！

就在警察們摩拳擦掌準備開掘時，我的那些寶貝雞們可不幹了，眼見家園被破壞，連個下蛋的地方都沒了，牠們圍著警察又跳又叫。其實，我飼養的這種格豪恩種雞非常喜歡安靜，但如果一不小心招惹到了牠們，牠們會一起叫喚，吵得人無法忍受。那幾名警察正要動手開挖，幾千隻雞立刻跳著腳地圍著他們大聲叫喚，很快，那幾名警察的身影就淹沒在揚起的灰塵、雞毛、乾草的混合物中。

這一幕精彩的喜劇場景讓我忍俊不禁。這時，站在一旁的斯隆警官說話了：「先生，請你跟我們到警察局去一趟，我還有一些問題要問你。」我隨著斯隆警官來到警察局，坐下之後，他便裝出一副已經掌握了我的犯罪事實的樣子，不緊不慢地盤問著我，其實我知道，他這是嚇唬我，指望我主動招供。

我得心應手地應付著他的問題。就在我點燃第三支菸時，忽然有一位警察跑了進來，大叫道：「蘇珊的屍體找到了！」

「哈哈，你們居然合夥演戲來詐我，真是枉費心機！」我心中暗想。

儘管識破了他們的花招，但我腳下卻絲毫不敢怠慢，就在那個警察話音剛落之時，我立刻站了起來，叫道：「真的？在哪裡？」我說這句話時使用的語調恰到好處 —— 不僅顯示了我與蘇珊不同尋常的友誼，而且也表明了我問心無愧的態度。

我用眼角偷偷瞄了一下斯隆警官，他正目不轉睛地盯著我，眼神裡滿是疑惑。斯隆警官和他的手下繼續演戲，他問：「蘇珊的屍體是在哪裡被發現的？」

那位警察則煞有介事地聲稱，是在某塊撂荒的耕地下發現了蘇珊的屍體。他們倆一邊演著雙簧，一邊觀察著我的反應，盼望著我能露出什麼馬腳。「這手法簡直太幼稚了！」我心中暗自感到好笑，但嘴上卻一本正經地說：「天哪！真沒想到，蘇珊居然被埋在那樣的土地裡。看來，她真是被人謀殺的，對嗎？」

接著，我提出要去現場看看蘇珊的屍體。這下輪到他們傻眼了，因為根本就沒有所謂的屍體！斯隆警官支吾了半天，只好說：「請你先回家吧，等待我們的調查結果。」

在隨後的幾天裡，他們仍舊在我的農場翻找著。他們檢查爐子，想看看是否有燒過的人骨碎片，甚至他們還取走了一大包爐灰作為樣品，在顯微鏡下分析；他們檢查下水道，想看看是否我在浴室裡用硫酸把屍體腐蝕後，沖進了下水道。

總之，他們找遍了農場的每個角落，但還是一無所獲。

最後，警方不得不放棄搜查，全部撤走了。因此，蘇珊究竟是死是活，成了一個未解之謎。警方搜遍了我農場的每個地方，卻找不到一點點蛛絲馬跡，自然，我涉嫌謀殺的罪名也就不能成立了。

在以後的日子裡，每當斯隆警官見到我時，他臉上的神情總會略顯尷尬。為了顯示我的寬宏大度、不計前嫌，我在聖誕節那天還送了一對肥雞給他作為聖誕禮物。

經歷了這場風波之後，我的生活仍像過去那樣平靜。九個月後，當我聽說斯隆警官要調到魯德森警察局任職時，我心裡感到有些難過。為了送別斯隆警官，我們特地為他舉行了一次熱烈的歡送宴會。宴會上的酒水由比爾·維金提供，雞肉則由我來出。但遺憾的是，我們沒能最後一次欣賞到約翰·斯隆的精妙槍法，因為大家都喝多了，尤其是斯隆警官，他不得不倚靠在院子裡晾衣服的木桿上才能勉強站住。

斯隆警官走後，我就一直忙著建造新的孵化室。由於我整日忙於農場的事，無暇料理家務，於是我請了一個女管家，她是一個既善良又能幹的女人。

自從她來了之後，我的家變得井然有序。所以，現在我就有時間坐下來，把我的經歷付諸文字了，我盼望著這些文字有朝一日能夠出版。當然，我也非常想知道，假如斯隆警官看到這段文字之後會作何感想，他是否對肥美的雞肉還有胃口呢？

我猜想，如果他知道事情的真相後，一定會噁心得想吐。不過也沒什麼大不了的，他怎麼會知道那些雞吃過用蘇珊屍體做成的雞飼料呢？

各位讀者請不要誤會，我的意思並不是說把蘇珊的屍體直接丟進雞群中，讓雞啄食。恰恰相反，我是把蘇珊的屍體放進粉碎機，變成骨粉和肉末，然後再配以其他穀物，調和成優質雞飼料。

這種加工技術對於我來說並非難事，《農夫雜誌》上介紹得清清楚楚 —— 如何用粉碎機將死牛或死馬的屍體加工成雞飼料。人的屍體比牛馬的屍體小很多，所以更不費吹灰之力，不過唯一要注意的是，人的屍體要磨得仔細一些，比如牙齒、骨骼這些堅硬的部分，必須磨成粉末狀，至於頭髮，則被我乾脆一把火燒成灰燼。

我用粉碎機處理完屍體後，為了徹底清除痕跡，我又用它先後粉碎過苜蓿、玉米粒等其他穀物，這樣一來，哪怕連蘇珊的一個細胞都不會在粉碎機裡殘留了！

我將蘇珊的肉粉、骨粉和其他飼料混在一起，調配成營養豐富的混合飼料，餵給我從人工孵化室孵出的小雞吃。我送給斯隆警官的那對肥雞就是這樣餵大的，這批吃過「人肉飼料」的雞以及牠們產出的雞肉讓我的農場遠近聞名，甚至其他的一些農場主還專程向我討教飼養經驗呢！

我想，本·理布伯格探長遲早會懷疑我是用粉碎機毀掉了蘇珊的屍體，但即使那樣，也為時已晚，因為我的農場裡將再也找不到一星半點人類的細胞 —— 它們早就進入雞的肚子裡了，而雞呢？也都進入人類的肚子裡了。就算是不能吃的雞骨頭，我也將把它們通通回收，重新磨成骨粉，再給新的雞吃，真是妙不可言！至於完全不能出售和食用的雞頭、雞爪、內臟和羽毛之類的東西，我將把它們焚燒成灰燼，灑在耕地裡做肥料。

對了，即使是遠在千里之外的人們，很可能也吃到了蘇珊身體的一部分 —— 因為他們吃了我農場出產的雞蛋。

噢，差點忘了，在我故事的末尾，我還要介紹一下我家最近發生的新情況。我發現我的管家，也就是安·麗絲女士好像已經愛上我了，她開始關心我的私生活，而且總想對我進行約束，我覺得，她正在從女管家的角色向家庭主婦的角色轉變。

她開始令我感到厭煩了！

當然，我不會將她解僱，因為我不是個鐵石心腸的人。於是，我建議她多參加一些交際活動，比如去舞廳跳舞，去酒吧喝酒等等。可她卻告訴我，她是一個非常孤獨的人，既沒有朋友，也沒有親戚。

唉，真是個可憐的女人！我經常想：假如有一天她失蹤了，恐怕也無人知曉吧？

不說了，現在我該盤算著到哪裡去弄下個季節餵養小雞的「特種混合飼料」了。

奇怪的凶器

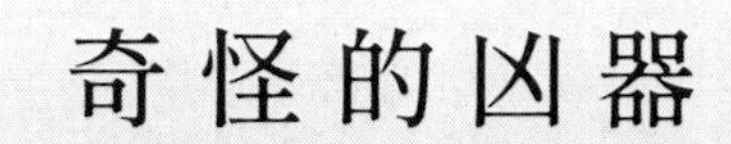

接到報警電話之後，我和昆比便立即趕到了案發現場。

死者名叫杜瓦特，是一位聲名顯赫的人類學家，在對早期哥倫比亞人的研究方面，他是絕對的權威，許多知名大學都邀請他去講學。

凶案就發生在杜瓦特的書房裡。這是一間非常寬敞、明亮的書房，在四面的牆壁上擺著高大的書架，上而擺滿了牛皮封面的古籍。在書房裡，還擺放著許多古老的墨西哥和中美洲的藝術品 —— 鋒利的青銅斧、帶有銀飾的匕首、中美洲土著戰士用的長矛和弓弩……任何一件都是可置人於死地的凶器。但讓我大跌眼鏡的是，殺死杜瓦特的凶器既不是斧頭、長矛，也不是匕首、弓弩，而是一個死人頭骨。我當警察二十多年來，還是第一次見到如此澆異的凶器。

那個死人頭骨就放在杜瓦特屍體的旁邊，凶手就是用這個東西給了他致命的一擊。由於受到猛烈的撞擊，那個死人頭骨已經四分五裂，上面還沾著不少被害人的鮮血和頭髮，看來凶手這一記重擊使出的力氣不小。

昆比看到這一幕也備感驚訝，他說：「如果不是親眼所見，我絕不會相信。」

「是啊，難以置信！」

我們勘察完書房，又來到客廳。杜瓦特的助手克勞德正坐在沙發上，在他的衣襟和雙手上，都沾滿了血跡。剛才的報警電話就是他打的，在電話裡，他自稱是殺死杜瓦特的凶手，可是我們看到他一副膽怯、懦弱的樣子，很難將他和殺人凶手連繫起來。

「克勞德，這究竟是怎麼回事？」我嚴厲地問道。

「我也不知道我究竟做了些什麼。」他有氣無力地說，「當時，他把我激怒了，我的腦子裡頓時一片空白，在狂怒之下，我順手抄起了那個東西砸向他……我根本沒想到要用那個東西……」

他停頓了片刻，接著又說：「我殺死杜瓦特之後，曾經想偽造現場，讓別人誤以為是闖進來的竊賊幹的，可是我不善於撒謊，再說我也懶得那麼做……我現在太累了，只想好好地休息一下。」

「克勞德，你是杜瓦特的助手，你們合作了許多年，你為什麼要殺他呢？」我冷靜地問。

克勞德搖了搖頭，非常疲倦地閉上了眼睛，似乎他根本就不願意吐露實情。

「這東西是哪來的？」我看著地上已經破碎了的死人頭骨，好奇地問。

「哦，它一直放在杜瓦特的書桌上，這是他非常喜歡的一件擺設。」克勞德閉著眼睛，虛弱地說。

「擺設？」昆比不禁有些奇怪，「杜瓦特居然把死人頭骨放在書桌上當擺設？」

「是的，每一位來訪者看到這個頭骨後都會有不同的反應，或驚奇、或恐懼，杜瓦特則認為這個頭骨有一種恐怖的幽默感，它能時刻提醒人們 —— 人終究逃脫不了死亡。」

接下來，我們從克勞德的話中逐漸了解到：他為杜瓦特做助手已經八年了。在這期間，他幫助杜瓦特整理過許多研究數據，包括起草論文、寫信等，還多次陪他去墨西哥以及中美洲的叢林裡進行考察。六年前，杜瓦特的太太因為婚姻危機離家出走了，此後，杜瓦特就一個人住在這幢大房子裡。後來，他也搬了過來，一直到現在。

「你殺死杜瓦特是否經過了預謀呢？」我問克勞德。

「不，完全沒有預謀，」克勞德回答說，「我們曾經合作得很愉快，甚至還一起到危機四伏的叢林中出生入死。」

「那究竟是什麼事讓你突然動了殺機？」我問。

克勞德緊緊地閉上雙眼，彷彿陷入痛苦的回憶中。最後，他睜開眼睛，緩緩地說：「只是因為一個小小的矛盾。」

在我和昆比的耐心勸說下，克勞德終於開口向我們敘說了事情的經過：「昨天下午，另一位著名的人類學家給我寫來一封信，邀請我去為他工作，薪水比杜瓦特給的要多，我經過一番深思熟慮，決定去那裡工作。當我開口向杜瓦特提出辭職時，他卻一口回絕了，甚至還威脅我說，如果我執意要走，他將採取對我不利的手段。」

「杜瓦特為什麼要極力阻止你的離開呢？」我問道。

「因為在與杜瓦特合作期間，我知道他的許多事，尤其是其中的一個祕密。」克勞德說，「他一定是擔心我離開之後，會把這個祕密洩露出去。」

「哦？那是個什麼祕密？可以告訴我們嗎？」

「唉，這個祕密與杜瓦特太太之死有關。」克勞德嘆息著，「那還要追溯到六年前，當時，杜瓦特太太和她的情人死在位於波利湖畔的一棟別墅中。」

「什麼？你剛才不是說杜瓦特太太六年前就離家出走了嗎？」我驚異地問。

「哦？我說過這樣的話嗎？」克勞德抬頭看著我們，隨後又點了點頭，「噢，是的，我剛才應該是這麼說的。六年來，我一直幫杜瓦特維持這個謊言，對外宣稱杜瓦特太太是不辭而別。可事實上，杜瓦特太太在六年前就已經死了！」

「她是怎麼死的？」

「是窒息而死。」克勞德說，「那還是六年前的秋天，當時杜瓦特正在寫一本專著，為了尋找一些靈感，他決定到波利湖畔的別墅住幾天。那天早上八點鐘，杜瓦特自己開車先去了別墅，而我因為處理其他的事，比他晚到了一個小時。當我到達別墅後，發現別墅的地板上躺著兩具屍體，其中一具是個男人，而另一具正是杜瓦特太太。她幾天前聲稱自己要去外地旅遊，卻沒想到死在了這裡，而且兩具屍體都一絲不掛。杜瓦特面色鐵青地站在屍體旁邊發呆。最後他對我解釋說，當他到達別墅後，發成屋間裡全是煤氣，他急忙打開門窗通風，結果竟然發現妻子和一個陌生男子屍橫當場。杜瓦特告訴我說，這是一場意外，是廚房裡的煤氣洩漏所致……」

「那麼，你怎麼看待這件事的？」我問。

「杜瓦特太太年輕漂亮，又富有氣質，我做夢也沒想到她會做出這種事。」克勞德說，「我幾乎被嚇傻了，所以杜瓦特怎麼說，我就怎麼做。」

「這麼說，當時你是完全按照杜瓦特的命令做的？」

「是的。」

「即使是意外死亡，你們也應該去報案啊。」我說。

「最初，我提議去報案，可是杜瓦特不同意。」

「為什麼呢？」

「杜瓦特說這是一件天大的醜聞，一旦宣揚出去，他的聲譽和前途將會受到影響。於是，我們趁著夜色將兩具屍體運到湖心，分別繫上大石頭，沉入湖底。事後，杜瓦特叮囑我，無論誰問起，就回答說杜瓦特太太是由於婚姻不和諧，離家出走了。」

「難道他就不怕有人刨根問底？」

「這正是杜瓦特的高明所在！他清楚，憑他的身分和地位，絕不會有人深究這件事的。事實證明，他的判斷是正確的。」克勞德說。

「這麼說來，你把這祕密一直保守了六年，對誰都沒有洩露過？」昆比問道。

「是的。」

「剛才你提到，杜瓦特威脅說，如果你離開他就要對你不利，那他究竟會怎麼做？」

克勞德疲倦地點點頭說：「他說要殺死我，要讓我像杜瓦特太太及其情人一樣沉睡在湖底……」

我馬上說：「這是明擺著的事，杜瓦特太太和她的情人並非死於意外，而是死於杜瓦特之手！」

「沒錯！我猜想那天的經過是這樣的，」克勞德說，「當杜瓦特抵達別墅時，他意外地發現妻子正和一個陌生男子睡在床上，他頓時火從心頭起，惡向膽邊生，趁二人熟睡之際將他們打昏，然後再用枕頭將他們活活悶死……就在杜瓦特想要進一步處理屍體時，我也到達了別墅，於是杜瓦特就編造了一套煤氣洩漏的謊言來掩飾。當時我只能依照他的命令去做，否則，恐怕連我也會被他一起殺掉！」

「噢，我明白了，」我說，「由於他不斷地威脅你，最後你忍無可忍，終於爆發了，就用頭骨砸死了他，對嗎？」

「不完全對，」克勞德搖了搖頭說，「其實，杜瓦特是一個道貌岸然的偽君子！我恨透了他的所作所為，而且他把我也捲了進來。我不肯與他同流合污，但我生性懦弱，若僅僅因為這件事，還不至於讓我對他痛下殺手！」

「那到底是因為什麼事？」昆比打斷了他的話問道。

「今天早上，杜瓦特突然告訴我那個頭骨的來歷，」克勞德渾身顫抖起來，「杜瓦特書桌上的那個頭骨，我一直以為是他從墨西哥野外考察時帶回來的，可他告訴我說，那頭骨實際上是他太太的頭骨！當時我快要氣瘋了，順手抄起那個頭骨打死了他。我在那間書房工作了這麼多年，成天面對擺在桌子上的那個頭骨 —— 居然是我暗戀了多年的女人的遺骨……」

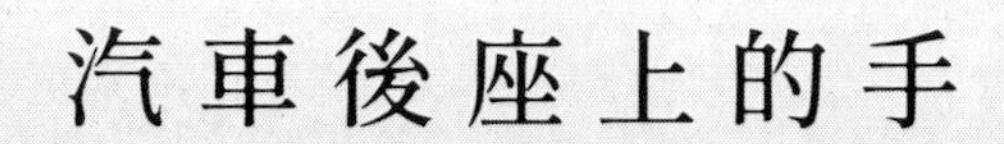

汽車後座上的手

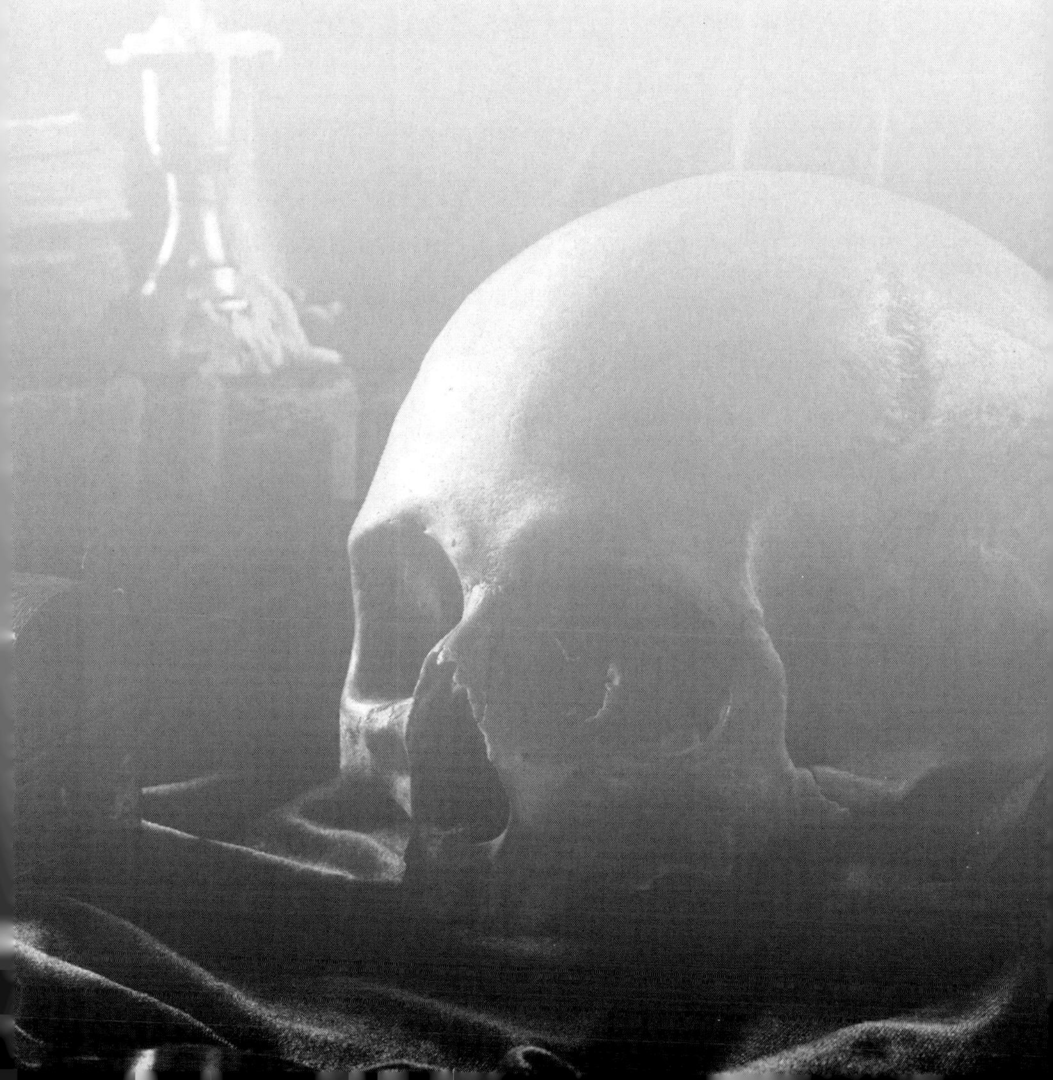

每天早晨上班時間，我們這個城市都會遇到一個普遍性的難題 —— 塞車。

想想看，上百萬的人 —— 包括我，幾乎在同一時間離開位於郊區的優美舒適的家，驅車進城工作，大街上會是一種什麼樣的景象？

如果沒有親身經歷，是很難體會夾在二十英哩長的車隊裡是什麼感覺？然而，塞車還不是我真正的麻煩，我真正的麻煩源於某天早上的一個奇特經歷。

那天，我開著車去上班。當我剛從辛斯街駛上肯翰姆大街時，就遇到了嚴重的塞車，路上的三條車道都被塞得嚴嚴實實的，雖然有警察疏導，但絲毫都不管用。我被夾在中間車道，既不能前進，也不能後退或掉頭，只能在車上乾等著，大約每隔五分鐘，才能像蝸牛般地前進一點點。那天還是早春時分，儘管天氣還比較寒冷，但我還是打開車窗，為的是透透氣。

就在我被堵得動彈不得時，我注意到在我左側的車道上，有一輛灰色的旅行車。那輛車與我的車捱得非常近，幾乎伸手就能觸控到對方的車門。出於無聊，我便上下打量著那輛灰色旅行車，只見車的司機是位女子，她頭戴一頂寬邊帽，帽簷很低，看不清她的臉。她似乎也覺察到我正在注視她，顯得有些不安。

這時，她前面的汽車向前慢騰騰地挪動了大約一兩公尺，她也急忙踩油門向前，而這時前面的汽車又突然剎住了，她也不得不猛然踩了剎車。這樣一來，她和我的位置就由原來的完全平行，變成現在她的後車窗與我並行了。所以，我可以清楚地看到她汽車後座上的東西 —— 那是一個多麼奇怪的東西啊！被毛毯裹著，橫躺在汽車後座上。由於剛才的急剎車，毯子的一角有些滑落了，有一個東西從毯子裡伸了出來。

我先是不經意地看了一眼，便將頭轉了回來，然而，我的大腦似乎在提示我，剛才我看到了某種令人匪夷所思的景象，於是，我不禁又轉過頭去看了一眼，這一下可是非同小可，從毯子中伸出來的居然是一隻血淋淋的人手！我頓時嚇得瞪大了眼睛，那果然是一隻人手！手指上沾滿了鮮血，還在一滴一滴向下滴……我再看看裹在毛毯裡的那個東西，那哪是個東西呀？分明是個人！

我簡直不知所措，看了看四周，發現自己的汽車被夾在長長的車流中間。我企圖讓其他司機也注意到這一可疑情況，於是就拚命地按著汽車喇叭，同時伸出手，指著灰色旅行車的後座。我前面那輛綠色汽車的駕駛員探出頭來向後看了我一眼，顯然他沒有領會我的意思，沒有下車。這也難怪，車都擠成那樣了，他恐怕連車門都很難打開。

就在這時，灰色旅行車所在的那條車道上的汽車開始向前移動，旅行車逐漸開到了我的前面，與我的距離慢慢拉大。我急忙看了一眼它的車牌，並迅速取出一支筆，將車牌號記在我襯衫的袖口上。當我做完這一切後，才發現自己竟然緊張得渾身是汗。

車隊又像蝸牛般地向前緩慢蠕動了兩英哩，車流漸漸有點鬆動了，可那輛灰色旅行車也不見了。正好，我注意到路邊有一個警察局，就急忙將車停靠在警察局門口，下車走了進去。

一位警官接待了我。

「我……一我要報案！」我結結巴巴地說。

「先生，發生交通事故了？」他從辦公桌的抽屜裡拿出一份表格說。

「不，不是交通事故，剛才在我旁邊的一輛汽車裡，我看見一隻手，還有……」由於太緊張，我變得語無倫次。

「等一等，別緊張，你喝酒了嗎？」

「沒有。」

「是不是街上發生了事故，需要我們救助？」

「不，我的意思是，在車裡有一隻人手……」

他笑了笑，和藹地說：「這樣吧，先生，你叫什麼名字？」

「我叫詹姆斯。」

「詹姆斯先生，放鬆點，請你先坐下來，把事情經過慢慢地講給我聽。」

我在旁邊的一把椅子上坐了下來，整理了一下思路，然後把我所看到的事一五一十地講了一遍。

那位警官耐心地聽我講完，摸著下巴思索了一會兒，說：「雖然你提供的線索很重要，但我們還沒有掌握足夠的證據。你能確定自己看見的是人手嗎？會不會是看錯了？」

「那絕對是一隻手，人類的手！而且上面還滴著血！」我激動地叫著。

「噢，放輕鬆。」他說。

「警官先生，你這是在浪費時間！如果我是你，就會立即去追那輛可疑的旅行車！」

「詹姆斯先生，對此我們也無能為力。」警官將雙手一攤，「你看外面，路上的車那麼多，就算那輛車還在路上，我們也追不上去。」

「你們總可以在下個街區設定路障，派人一個一個盤查吧？」

「不行，如果設了路障，要不了十五分鐘，這個城區的道路就會被完全堵死。這樣吧，我請另一位警官來接待你。」說完，他拿起桌上的電話，撥了個號碼。

二十分鐘後，一位身材魁梧的警官走了進來，他自我介紹說：「我是市警察局的漢克斯警官。」還不等我答話，他就一屁股坐在沙發上，說：「從昨天下午到現在，我已經連續值了十六小時的班，很疲倦，想早點回去休息，所以請你最好簡短點說。」

「簡單地說，是一隻手……我剛才在一輛旅行車中，看到後座上有一隻手！」

「手？」漢克斯警官聳聳肩膀，說：「幹我們這一行的，什麼稀奇古怪的事都會遇到，說下去吧，給我講講你的發現。」

於是，我又從頭到尾詳細地講了一遍我的發現，之後，我期待地望著漢克斯警官，希望在他臉上看到一點點緊張的表情，但讓我失望的是，他對我的重要發現似乎很不以為然。

最後，我給他出示了我抄寫在袖口上的車牌號，他一邊打著哈欠，一邊抄下號碼。

「你這個故事實在太荒謬了，」他懶洋洋地說，「也許車窗上的反光讓你眼花了，也許毯子裡裹著什麼東西看似人手。換正常人的思維去想，光天化日之下，凶手在汽車後座上塞個毛毯裹著的屍體，就敢在路上大模大樣地開？詹姆斯先生，忘掉這件事吧，我看你和我一樣，都應該好好回家睡上一覺了！」

我被他這種態度激怒了，大喊道：「不！我明明看到一隻手，你必須進行調查！」

「好吧，好吧，」在我的極力要求下，漢克斯警官也很無奈，「先生，我立刻查，但是我必須先睡一覺。你先回家等消息，我一有線索就和你聯繫。不過，假如我找到那輛汽車，而車裡並非你所說的那樣，那我可要……」

我憤然離開警察局，上了汽車，但我沒去公司，而是掉頭回家。到家之後，我給老闆打電話請了一天假。然後我就守在電話機旁，等待漢克斯警官的消息。

下午兩點十五分，傳來了敲門聲，我打開門，原來是漢克斯警官。

「詹姆斯先生，根據你提供的車牌號，我找到了車主，她是約翰遜太太，住在奧頓鎮。」他說。

「奧頓鎮離這裡只有兩英哩，屍體找到了嗎？」我問。

「根本就沒有屍體！」漢克斯警官嚴厲地說，「現在你得和我去一趟約翰遜太太家。」

「我不明白，為什麼要讓我和你去？」

「因為我要讓你親眼看看，你所見到的『屍體』究竟是什麼！」漢克斯警官生氣地說。

無奈，我只好坐上漢克斯警官的車，隨他前往奧頓鎮。

到了奧頓鎮，漢克斯警官把車停在一條街的旁邊，然後指著對面的一間店鋪說：「走，過去看看，你說的『屍體』就在那裡！」

我抬頭一看，那間店鋪上的牌匾寫著「裝潢」兩個字。

漢克斯警官敲敲門，門開了，站在門口的正是我在旅行車裡看到的那個女人。她身上穿著一件沾有油漆的工作服，好像正在工作。

「約翰遜太太，這位是詹姆斯先生。」漢克斯警官介紹說。

她冷冷地看著我，用諷刺的語氣說：「是你報警說我的車裡有屍體嗎？你倒是很有正義感啊！」

「就是這位先生。」漢克斯警官回答說，「不妨帶他去看一下那個……呃……那個東西。」

「我當然得帶他去看看，我可不想背著殺人凶手的黑鍋！請隨我來。」

跟著約翰遜太太，我和漢克斯警官向掛著布簾的裡屋走去。裡屋是一個很大的房間，擺放著幾個高大的架子，中間還有一張工作臺，原來這是約翰遜太太的工作室。架子和工作臺上擺著許多赤裸的人體，在房間的一個角落裡，還堆著一大堆人的手臂和大腿，而另外一個角落裡，則是許多白色的人頭。

「怎麼？」我用手揉了揉眼睛。原來那些都不是真正的人體，而是堅硬的石膏模型。

我和漢克斯警官看著那些模型，都沒有說話。這時，我看見漢克斯警官拿出一支香菸，點著抽了起來。我本想跟他要一支，可看到他那嚴肅的表情，就不敢開口。

過了一會兒，約翰遜太太從外面的屋子進來，她雙手抱著一個石膏人體模型，豎在我們面前。

「詹姆斯先生，你今天早晨在我汽車的後座上看到的就是它，它叫西蒙。」約翰遜太太說，「我們這個裝潢店主要是為服裝店的櫥窗提供人體模型的，昨天我剛剛在西蒙的全身刷過油漆，今天早晨我帶著它去一家客戶那裡，沒想到在剎車時，它的手露了出來，正好被你看見了，現在你該明白是怎麼回事了吧？」

「既然是石膏人體模型，為什麼你還要用毯子把它裹起來呢？」我不解地問。

「不把它裹起來，難道還要把它赤裸地放在汽車的後座上嗎？」約翰遜太太不高興地說，「你想想，要是我把一個赤裸的石膏模型放在車裡，恐怕像你這樣疑神疑鬼的人就更多了，還不都來找我的麻煩？」

聽了約翰遜太太的話，我不禁感到一陣臉紅。但我還是心存疑問：「約翰遜太太，既然你帶這個西蒙去客戶那裡，為什麼又把它帶回來了呢？」

「因為我到客戶那裡之後，發現刷的油漆流了下來，我總不能把這樣一個人體模型擺在客戶的櫥窗裡吧？所以，我只好把它又帶了回來。」

我隨著她所指的方向，的確看見有一道紅油漆從手肘處沿手臂流下，一直流到右手兩個中間的手指縫中。

「這就是你所說的『血』！」在旁邊始終一言不發的漢克斯警官插話道。

我尷尬極了，既不敢直視漢克斯警官的眼神，更無顏面對被冤枉的約翰遜太太，真恨不得找個地縫鑽進去。

「看夠了吧？看夠了就走吧！」漢克斯警官用譏諷的語氣對我說。

面對漢克斯警官的譏諷和約翰遜太太的冷眼，我無言以對，我還能說什麼呢？都怪我自己看走了眼。在回去的路上，漢克斯警官狠狠地訓斥了我一頓，我也只能耷拉著腦袋，乖乖地聽著。

到家以後，我還自責不已，懊悔自己差點冤枉了一個無辜的人，看來以後再遇到這種事可不能輕易下結論了。我給自己倒了一杯威士忌，一口喝下去，然後倒在了沙發上。也許是酒精的作用，也許是緊張了一整天的神經終於放鬆下來，不一會，我就昏昏沉沉地睡著了。

不知過了多久，我漸漸醒了過來，看看窗外，天已經完全黑了，我躺在沙發上，不禁又想起漢克斯警官和約翰遜太太……我閉上了眼睛，試著忘掉這件事。

世界上有些事就是那麼奇怪，當你越想忘掉它時，它就越在你眼前揮之不去。這時，路上的那一幕景象又在我的腦海中浮現……還有汽車後座上的那隻人手……突然，一道電光閃現在我的腦海 —— 約翰遜太太！她把我和漢克斯警官都耍了！

我清楚地記得，從旅行車車窗裡看到的人手是左手，而在約翰遜太太家，我們看到的流淌紅色油漆的手卻是右手！我騰地從沙發上坐起來，渾身因緊張而微微發抖。

「我該怎麼辦？打電話給漢克斯警官？可是，他還會相信我嗎？」我思索著。就這樣前思後想了大約半個小時，我還是沒想出什麼好辦法。這時，突然響起了「砰砰」的敲門聲，我忐忑不安地來到門邊把門打開，門外站著的居然是……約翰遜太太！

她為什麼深更半夜來找我？我用驚訝的目光看著她。然而，當我的目光移到她手裡的東西時，我頓時從驚訝變成了驚恐——她手裡是一把點四五口徑的手槍，槍口正對著我的腹部。只要她輕輕地勾動扳機，子彈的巨大穿透力就能將我的內臟打穿。

「約翰遜太太，妳來找我……是不是因為……那隻手？」

「詹姆斯先生，你到底還是醒悟過來了，可惜太晚了！」說著，她把我逼近了客廳，然後牢牢地帶上房門，「漢克斯警官第一次來找我時，我匆忙之中準備了個模型搪塞他。但這次你們倆來時，我不知道你當時在路上看到的究竟是哪隻手，於是我便猜測著把右手塗上了油漆。當然，我也知道，這騙得過一時卻騙不過一世，所以，為了斬除後患，我只好來找你了。」

「你，你怎麼知道我家住在這裡？」

「這不難，我是從電話簿上查到的。」約翰遜太太冷笑著說，「現在你必須跟我走，我要帶你去見我的一位朋友，他是一位推土機司機，只要給他一點錢，他什麼都願意做。然後，你就可以去見約翰遜了，哈哈！」

「約翰遜？就是裹在毯子裡的那個人？」我：驚呆了。

「實話告訴你吧，約翰遜是我的丈夫，他是個卑鄙、虛偽、自大的傢伙，可現在，他已經長眠在一個你們永遠也想像不到的地方了。」

「什麼意思？」

「下個星期，埋葬約翰遜的地方就要開工建造一座豪華公寓，到那時，他的屍體就會成為地基的一部分了，當然也包括你！」

面對這個凶殘的女人和她的槍口，我的手心裡全是汗，但我還是故作鎮定，騙她說：「我和漢克斯警官約好了，他等一下就來，如果我跟你走了，你就不怕他產生懷疑嗎？」

「別想騙我！」約翰遜太太不屑地說，「今天他對你非常惱火，你覺得他還會相信你嗎？只要我殺掉你，死無對證，他憑什麼懷疑我呢？」

我的謊言被揭穿了。正當我無計可施時，突然從前門傳來一陣急促的敲門聲。在這夜晚，究竟會是誰呢？但不管是誰，我終於又能拖延一陣子了！我就像一個快要被溺死的人看到了一根稻草那樣。

約翰遜太太顯然也被這陣敲門聲弄得措手不及，她驚慌地看著四周，我想趁機搶下她的槍，但距離太遠了，一旦抓不到，那我必定要見上帝了。

敲門聲再一次響起。約翰遜太太只能把槍放進大衣口袋，她威脅著說：「快去開門！但你別想打什麼主意，否則，我把你們一起殺死！」

我剛剛打開門鎖，一個人就衝進了屋裡，原來是漢克斯警官！他一進屋就猛地推了我一把，我一個踉蹌險些坐在地上。他一邊用手推搡我，一邊怒氣沖沖地大罵：「你這個混蛋！下流東西！都是因為你的虛假證詞，害得我被上司訓斥！本來我都快晉升了，現在卻因為你被撤了職！」

他一邊罵，一邊狠狠地推我，最後，我被他推倒在廚房的門口。

「你不僅坑了我，還誣陷無辜的約翰遜太太！」漢克斯警官繼續罵道，一扭頭，他看到約翰遜太太也在這裡，「妳來得正好！約翰遜太太，我還正想跟妳聯繫呢，我們都是這個傢伙的受害者，我們一起去控告他，讓他賠償我們的損失！」

說著，他又一腳踢在我的後背，把我抓起來猛地一推，我一個趔趄又摔倒在廚房地上，腦袋也重重地撞在冰箱上。「信不信，我一槍崩了你！」漢克斯警官突然拔出手槍，用槍指著我的頭。我懷疑他是不是被氣糊塗了，要照這樣下去，我即使沒被約翰遜太太殺死，恐怕也要被他給打死了！

就在我還沒緩過神的時候，漢克斯警官突然掉轉槍口，對準站在客廳裡的約翰遜太太，大喊道：「我們的戲演完了！妳快棄械投降吧！妳逃不掉了！」

形勢瞬間逆轉。約翰遜太太這時才明白，原來自己被漢克斯警官給耍了！她連續不停地扣動扳機，子彈打在廚房的牆壁上，打出許多彈孔，漢克斯警官則躲在牆後，等待機會……他突然站起來，開槍還擊，客廳裡響起一聲尖叫，接著便無聲無息了。

約翰遜太太躺在客廳的地毯上，前胸還不住地向外冒血。我有些暈頭轉向。

漢克斯警官說：「你快打電話叫一輛救護車，她還有救。」

很快，一輛救護車把約翰遜太太送到醫院，醫生保證說一定讓她恢復到可以出庭接受審判。事情過去了，房子裡只剩下漢克斯警官和我。

「請原諒我對你的粗暴，」他說，「當時我看見約翰遜太太的車停在你家門外，料想你的處境堪憂，我就透過窗戶向屋裡看，正好看見她用槍指著你，所以我才想出這個辦法來保護你。」

「你不必道歉，相反，我要感謝你救了我的命！」我說，「可我不明白你為什麼回來了，白天的時候，我害得你奔波了好幾個小時，我以為你不會再管這宗案子了！」

「這要拜我的太太所賜。」他回答說。

「你太太？」

「白天我回家之後，我把大衣脫下來，她發現我大衣的袖子上有污漬，就命令我把大衣洗乾淨。」漢克斯警官解釋說，「我太太愛乾淨，不能容忍一點點污漬。」

「是什麼污漬呢？」我問。

「當時我也奇怪，究竟是什麼污漬呢？」漢克斯警官說，「我仔細一看，竟然是紅油漆！於是我就開始回想，我唯一可能沾到紅油漆的地方，應該是在約翰遜太太的店裡，從那個人體模型上。這說明，那個模型上的紅油漆是剛剛刷上去的，而不是約翰遜太太說的前一天，顯然她是在撒謊！然後我又回想起，當我在觀看那個人體模型時，她很小心地不讓我碰到它的手臂……我想這其中必然有詐，於是就直奔她的店，可是她不在，我就決定來找你，結果她正好也在這裡……」

說完，他一屁股坐在一把椅子裡，疲憊不堪，看來他已經二十幾個小時沒闔眼了。

「那她丈夫的屍體怎麼辦？」我問，「約翰遜太太把她丈夫的屍體埋在了一座公寓的地基裡，過了明天就不好找了！」

「放心……明天……我去找。」

「你怎麼找那個地方？」

「明天……我給建築調查員打電話……」

對呀！他是個警官，有各個建築物的資料和紀錄，查一具屍體應該難不倒他！

「現在都過去了，你……快回家睡覺吧！」說完，漢克斯警官已經倒在椅子上呼呼大睡起來。他竟然累成這樣，把我的家當成他自己的家了，我不禁暗笑起來。

人情

傍晚的時候，一架由加州起飛的客機降落在了紐約機場。

萊肯走下飛機，穿過機場大廳，登上一輛早已等候多時的汽車。此次，他是應一位僱主的要求，為僱主殺掉一個仇人。

萊肯跟著僱主走進一家燈光有些昏暗的酒吧，僱主走在前面，向一位坐在吧檯附近，身穿格子西服和藍襯衣的男子點頭示意，然後，他回過頭來朝萊肯使了個眼色。

萊肯已經明白了，自己要刺殺的目標就是那個穿格子西服和藍襯衣的男子。於是，他走近吧檯，仔細打量著那個人，只見那個男人身材肥胖，頭頂微禿，看起來有四五十歲的樣子。當他看到那人的臉時，心裡突然一陣狂跳，「難道是他？」

等僱主離去之後，萊肯端著一杯啤酒，走向那個男人的桌旁，輕輕地問：「是馬丁嗎？」

「是的，我是馬丁，」那個人揚起眉毛，抬頭看著萊肯……幾秒鐘後，他突然驚喜地叫道：「是你啊！萊肯！我居然沒認出你來，真該死！」

萊肯心裡暗想：「如果你知道我此行的來意，恐怕就不會那麼驚喜了。」

「果然是你！」萊肯微笑著對馬丁說，「我聽別人叫你馬丁，可是我認識你的時候，你的名字是馬瑞羅啊。」

「是啊，從朝鮮戰場上次來之後，我就改了名字，改叫馬丁了。」說著，他緊緊地握著萊肯的手，顯得無比熱情，「瞧！你還是那麼帥氣！幾乎和當年我把你從中國人的伏擊圈裡救出來時一模一樣，一點都沒變！」

「謝謝你當時救了我的命，」萊肯也笑著說，「看起來，你的變化也不大嘛。」

「對了，你怎麼到這裡來了？」馬丁臉上的笑容忽然開始收斂，「我改名字的事你是怎麼知道的？」

「我曉得你很多事情，馬丁！」萊肯說。

「很多事？你……你這是什麼意思？」

「來，我們坐下來好好聊聊。」說著，萊肯就拉著馬丁走到酒吧角落裡的一張桌子前坐下，「馬丁，聽說你參加了賭馬？而且你賭馬用的並不是你自己的錢，對嗎？」

「你是聽誰說的？」馬丁的眉頭皺了起來。

「因為我們為同一夥人工作，馬丁。」

「同一夥人？你的意思是……」

「是的，我和你屬於同一個幫會。」

「幫會……同一個？真是巧啊，」馬丁的表情顯得很不自然，「那你為什麼到這裡來呢？」

「實不相瞞，他們讓我來的目的是……殺掉你。」萊肯小聲說。

「啊？」馬丁的臉刷地一下變得慘白。

「當初他們交給我這個任務時，我根本沒多想，只是把這當做一次普通的任務而已，直到我剛才看到了你的臉，我才知道，原來我此行的目標居然是你！」

「是菲爾斯先生派你來的嗎？可是……他昨天還讓我別擔心，讓我慢慢償還那筆錢，怎麼……」

「馬丁，你難道還不明白嗎，菲爾斯只是為了麻痺你，讓你放鬆警惕罷了。」萊肯說，「你知道嗎，菲爾斯之所以讓我從加州趕來對付你，是因為你認識全紐約的職業殺手。」

「天哪！」

「你是吃了熊心豹子膽了不成？居然敢挪用幫會的錢！」萊肯質問馬丁。

「唉，一念之差啊！」馬丁懊悔地說，「最近一年來，我迷上了賭馬，我認識的一個騎手說他在馬上動了手腳，能讓我穩贏不賠。於是，我就挪用了幫會的公款，全押在了上面。」

「贏了嗎？」萊肯問。

「唉，別提了！剛一開賽，我押的那匹馬的右腿就跌斷了。」

「所以你就無法補上帳面的洞，對嗎？」

「是的。我只好向我的老闆坦白，可是他說他也愛莫能助，叫我直接向菲爾斯先生本人負荊請罪。」馬丁說，「於是我到了菲爾斯先生那裡，一再向他保證說，一定要把那筆錢還上。可能是由於我在幫會中有很好的信用記錄，所以菲爾斯先生當時表示原諒我的罪過。」

「可是，現在菲爾斯決心要除掉你！」

「為什麼？我已經對他說過，我一定會想方設法把錢還上的！」馬丁說。

「沒用的，菲爾斯殺你是為了樹立權威，給幫會的其他成員一點震懾。」

「啊？萊肯，你不能殺我，求求你……看在我救過你一命的份上……」馬丁苦苦哀求著。

「跟我走吧，馬丁。」萊肯冷冷地說。

第三天清晨，萊肯在旅館裡悠閒地翻看著當天的報紙，他看到一則新聞，上面說：昨晚，警察局接到一個匿名的報案電話，聲稱在碼頭倉庫一帶有人開槍，當警方趕到時，在現場找到了一件被掛在一根木樁上的破碎外套，在外套的口袋裡有一張駕駛執照，執照的主人叫馬丁，是黑社會分子……雖然沒有找到此人的屍體，但從現場情況來看，此人必死無疑。

萊肯滿意地點點頭，走出旅館。他來到一個公用電話亭前，撥通了電話。

「喂？」對方在問。

「看今天報紙的頭條了嗎？」萊肯說。

「看了。」對方說。

「我的任務完成了。」

「好的，今晚七點整，來我家。」

萊肯準時來到菲爾斯的家，按響了門鈴。門開了，一位身材魁梧的保鏢站在門口迎候，他按照慣例收走了萊肯的槍，並進行了搜身，在確定萊肯身上沒有武器之後，他才帶著萊肯走到菲爾斯的房間。

身材高大的菲爾斯坐在一張寬大的老闆桌後面，他陰沉著臉，一絲笑容也沒有。萊肯正要說話，菲爾斯先開口說道：「昨晚你幹得可不夠漂亮！」

「我不明白您的意思，我幹得很差嗎？」

「我曾經說過，活要見人，死要見屍，可馬丁的屍體呢？」菲爾斯問。

「我先是把他灌醉了，然後就把他帶到碼頭上，」萊肯說，「當我拔出槍的時候，他由於驚嚇，酒醒了一大半，拚命向海邊跑去，我朝他開了一槍，他跌進了海中，由於風大浪急，他很快就被海浪吞沒了。」

「誰打電話報的警？」

「當時碼頭附近有輛車經過，可能是司機聽見了槍聲，打電話報的警吧？」萊肯說。

「這就是你們洛杉磯的殺人手法？」菲爾斯不滿地說，「如果你所說的是真的，那我恐怕要向你的老闆投訴了！」

萊肯聳聳肩，說：「你這是什麼意思？難道你懷疑我……」

「回頭看看你的身後吧！想蒙我，你還不夠資格！」說完，菲爾斯用手向萊肯的身後一指。

萊肯慢慢轉過身，一下子僵在那裡，他的雙眼噴出了憤怒的火焰：「你？！」

「真是抱歉，萊肯，我不得不這樣做。」從後面緩緩走來的馬丁帶著一臉虛偽的歉意。

「萊肯，我很欽佩你對往日戰友的忠誠，但這損害了幫會的利益！」菲爾斯說，「馬丁把一切都告訴我了，你布置了現場，然後你將馬丁放走了。」

萊肯衝著馬丁大喊：「你為什麼出賣我！」

「我不得不這樣做啊，你送我的五千元沒法花一輩子，我早晚會被幫會的人找到，我不想死，我不想死呀！」

「可是你告訴我，你在加拿大有親戚，還有農場……」

「那些……是我騙你的，我怕你變卦……」

菲爾斯插話道：「馬丁乖乖地回來自首，他還付清了欠的錢，他做得對。」

「什麼？他用我給他的錢還了債？」萊肯驚異地說。

「沒錯，是用你的錢！我覺得他很忠誠，所以我還要給他一次機會，讓他證明自己。」菲爾斯說完，衝馬丁使了個眼色。

馬丁獰笑著從衣袋裡取出一根鋼絲，一步步地靠近萊肯……

萊肯憤怒得血直往腦門上湧，他想反抗，可那個保鏢照著他的肚子就是狠狠的一拳，萊肯一屁股跌坐在椅子上，馬丁則熟練地將鋼絲擰成個活釦，迅速套在萊肯的脖子上。

「萊肯，真對不起，朝鮮戰場上的那份人情，你算是還了，但我倒欠你一份人情，我下輩子再還你吧！」馬丁說完，用力收緊了鋼絲……

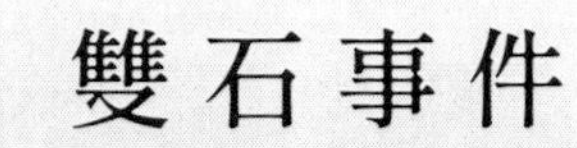

雙石事件

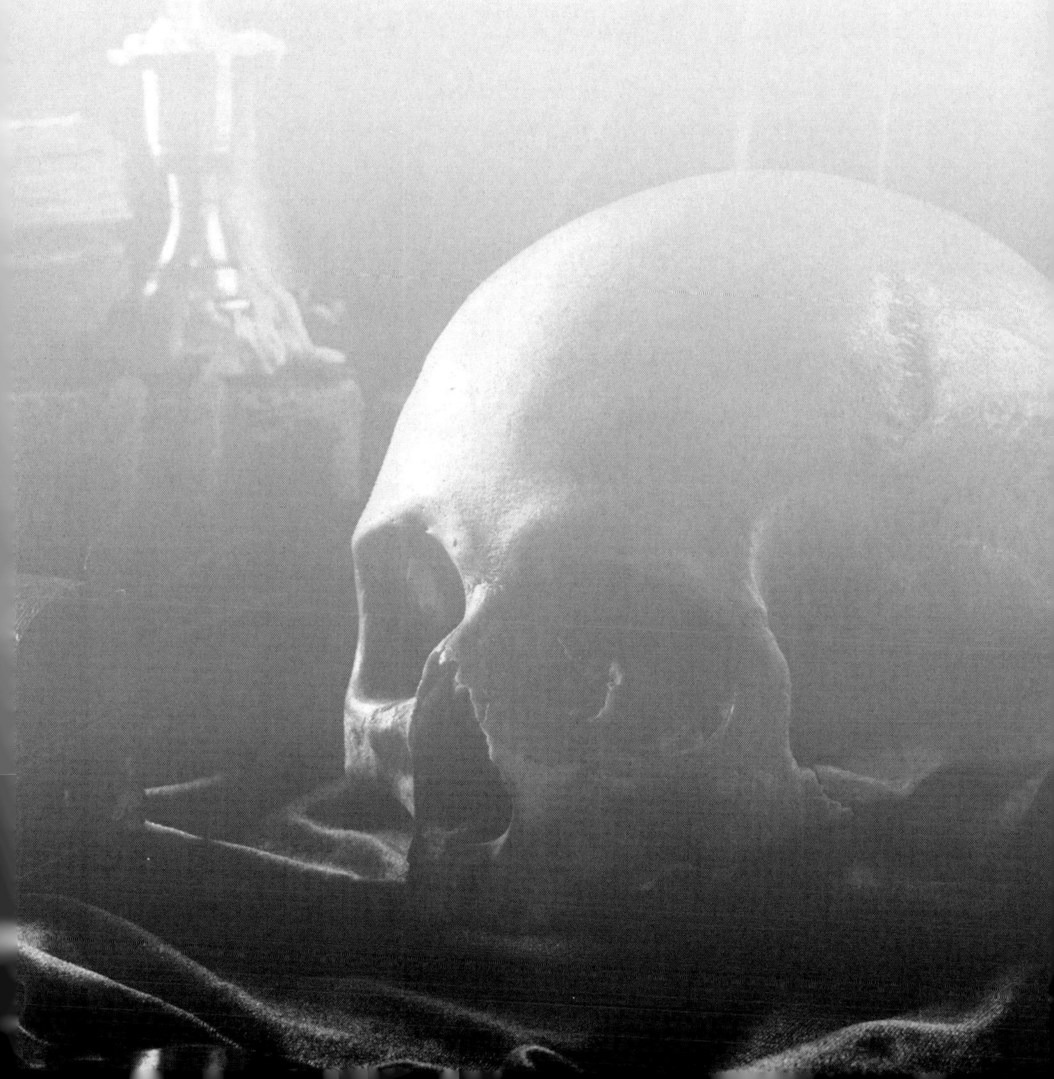

報紙上對「雙石事件」幾乎隻字未提。

如果是電影明星遭到槍擊，第二天在報紙上必定會有鋪天蓋地的報導，但「雙石事件」則不同，它是一樁非常巧妙而隱蔽的槍擊事件，甚至連警方都不知道，它實際上是一起謀殺案。

然而，我卻了解「雙石事件」的細節，因為我是沙利的女朋友。有很長一段時間，沙利總是對我抱怨說：「要是能把老雷蒙幹掉就好了，這樣一來，我就能獨占商店的股份了，也就能獨得所有的經營收益了。」

「老雷蒙」是誰？是「雙石百貨商店」的股東之一，他與沙利一起創辦了這家店，二人共同經營，平分經營收益。

在我沒見到「老雷蒙」之前，還一直以為他是個上了年紀的人，然而，當我第一次見到他時，非常驚訝，原來他與沙利的年紀相仿，而且有著一雙明亮的黑眼睛，一看就是個精明強幹的人。雷蒙對我的印象也很深刻，他第一次見到我的時候，就對我的一頭金髮讚不絕口，我聽了心裡美滋滋的。可沙利卻是個不解風情的人，和他相處以來，他從未稱讚過我的金髮，即使我變換了髮型，他也毫不在意。

沙利頭腦簡單，體型瘦削，甚至還有點神經質。他最大的愛好就是賭馬，儘管經常輸錢，但仍樂此不疲。我經常陪著他去夜總會、豪華餐廳和賭馬場，我也覺得挺好玩的。

在認識沙利之前，我還只是個一無所有的女孩。但你要知道，天底下沒有不喜歡漂亮衣服和首飾的女孩子，而沙利能滿足我的願望，所以我就成了他的女朋友。之後，他又買給我一套好公寓，於是我們就住在了一起。

沙利大多數時候對我還不錯，但有時候他的情緒也很不好。他會向我抱怨一些生意上的煩惱，其中抱怨最多的就是雷蒙，說雷蒙在經營方面僵化、保守，總是反對他擴大經營規模等等。要說他們之間的矛盾也不是一天兩天了，有好幾次我到店裡去，都看見他們在爭吵，無非是沙利說雷蒙把錢管得太緊；雷蒙說那是穩健經營的需要等等。

當時，「雙石百貨商店」經營得非常好。它在某黃金地段有一個面積很大的店面，平時靠兩位店員來打理。在店面的後院，是一間倉庫和兩間辦公室，後院有一道鐵門，但從來不上鎖，只是用一根門閂從裡面閂住。沙利曾經告訴過我，因為經常要從後門運貨，為了進出方便，根本沒有上鎖的必要。

雷蒙是一個幽默風趣的男人，他總是稱讚我的衣服時尚、有特色，有時候他還會偷偷注視我的雙腿，我知道他是在欣賞。其實雷蒙很有審美眼光，思維也很活躍，我真不明白沙利為什麼叫他「老雷蒙」。

在沙利心情好的時候，我也會試探著問他：「為什麼不和雷蒙分道揚鑣？」他說：「如果與雷蒙終止合作，會損失一大筆稅金。」但偏偏沙利與雷蒙總是無法相處，每當沙利喝醉的時候，缸都會嘮叨個不休，總是說：「假如能甩開老雷蒙單幹，那該多好！」

久而久之，連我的耳朵都聽出了繭子。有一次，當沙利又說這樣的話時，我就說：「你總嫌雷蒙不好，我倒覺得他還不壞……」

沙利一聽這話，就衝著我怒吼道：「雷蒙每天都用同樣的方式做事，循規蹈矩，不懂變通，有人如果犯一點小錯，就會招致他不留情面地斥責，這樣的人難道還不壞？」

沙利在我面前總是毫不避諱地表達他對雷蒙的反感。不過，有一天，他卻沒有咒罵雷蒙，而是默默地在一張報紙上做著記號。我覺得他很反常，就問他在做什麼。他卻答非所問地說：「每個星期五晚上，老雷蒙都在辦公室裡整理帳簿到深夜。」

其實這一點我早就知道，因為沙利已經不厭其煩地告訴我一萬遍了，說雷蒙總是定期清點貨物。

沙利還抱怨雷蒙是個吝嗇的傢伙，對商店的帳目看得很死。但是，沙利自己也慷慨不到哪裡去！自從我做了他的女朋友之後，雖然他給我買首飾、買衣服，為我支付租金和飯費，但卻從不肯多給我一分錢。他對當前的物價和我的必要開銷計算得毫釐不差，每次他都把錢放在一個花瓶裡，說：「這是給你的房租！」當他一走，我就趕緊抓起花瓶，看看他給了我多少錢，但從來沒有多過一分錢！

最近的幾個月，沙利經常把「我真希望把老雷蒙幹掉！」這句話掛在嘴邊上。可是大約兩個星期前，我留意到，沙利有好幾天沒有說這句話了，難道太陽從西邊出來了？我不相信，於是就仔細地觀察他，發現他彷彿心事重重。

又過了幾天，我無意中發現沙利的大衣口袋裡有支槍，那是一把槍柄嵌珍珠，槍身鍍鎳的小手槍。我趕緊把槍又放回了沙利的衣服口袋，也對發現槍的這件事絕口不提。

因此，當沙利要我在星期五晚上舉行舞會時，我並不覺得意外，我問他：「要邀請雷蒙嗎？」他哈哈大笑，說：「不必了，雷蒙對這種舞會沒興趣！」

我看了參加舞會的客人名單，看來沙利把全城的酒徒都邀請到了，因為我第一次在那個花瓶裡找到了一些額外的、夠我邀請許多客人的錢。我也注意到，沙利將自己也列入客人的名單中。我頓時明白了，原來沙利舉辦舞會只是個幌子，是為自己作不在槍擊現場的證明，顯然，他是醉翁之意不在酒啊！

隨後，我開始留意沙利的一舉一動，這才發現，沙利果真是一條老狐狸！他制定了周密的計畫，以便讓警方誤以為歹徒是從後門溜進商店的。我在前面提到過，商店的後門沒有上鎖，只是用一根門閂將門閂住。於是，沙利在週五下班之前，悄悄地將固定門閂的一個小木楔子弄壞了，這樣，從門外就能打開裡面的門閂。

總之，就在舞會進行過程中，沙利偷偷溜了出來，駕車來到商店的後門，他用刀尖穿過門縫，輕輕挑開門閂，將商店的後門打開。

可人算不如天算，他不知道，雷蒙的槍口早已經對準了他。正當他一隻腳剛跨入後門時，雷蒙扣動了扳機，子彈打穿了沙利的心臟。

兩天後，警方告訴我：經過認定，沙利是企圖殺害合夥人，結果反被雷蒙殺死，因此雷蒙無罪釋放。之後，雷蒙來到我的公寓，我們一起喝著沙利的酒，一邊互相看著對方，雷蒙的眼睛還是那麼富有魅力！

「你怎麼向警方解釋的？」我問雷蒙。

「我告訴警方，當時，我聽到有歹徒從後門溜進來的聲響，在黑暗之中，出於自衛我開了一槍，但沒想到那是沙利。」

「是啊，如果換了別人處在你的位置，也一樣會開槍的。」我說。

「有一打的人向警方作證，說沙利手裡拿著槍倒在門口，而且此前沙利曾多次揚言要幹掉我，於是警方便相信這是一次正當防衛。」雷蒙說。

「是的，沙利對你動殺機在先，而你射殺他在後，」我說，「你只是正當防衛而已。」

「不過，也多虧了妳事先提醒我！否則，我此時早已成了沙利的槍下冤魂了！」雷蒙說，「非常感謝！」

「別客氣，很高興能為你做點什麼。這不，現在商店是我們倆的了。」我微笑著說，「希望你以後能對我好一些，別像沙利。」

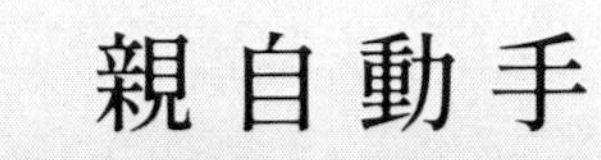

親自動手

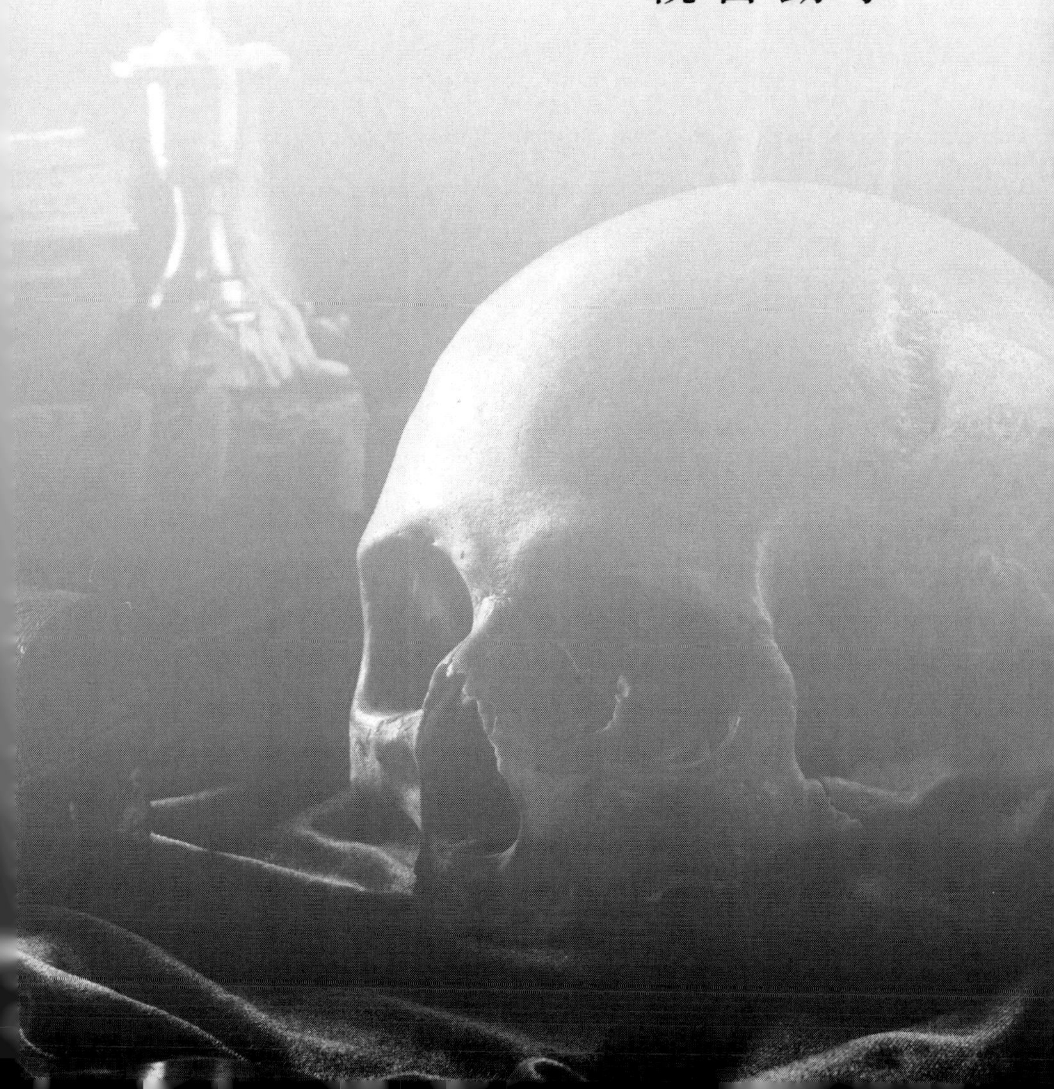

下班後，喬治警官沒有直接回自己家，而是來到他的鄰居邁爾斯家的院子前。

這是一個多麼荒涼的院落啊！高低不平的草坪中雜亂地生長著一簇簇蒲公英；帶有條紋的落地窗似乎也很久沒有擦過了；走廊上滿是被丟棄的廢紙和雜物……看到這一切，喬治不禁搖頭嘆了口氣：「想不到悲傷能使一個人改變這麼多！」

他的鄰居邁爾斯曾經是一個非常熱愛生活的男人。比方說，其他鄰居們一般只是到了週末或節假日才修剪一下草坪，以免草坪太難看，有礙觀瞻，而邁爾斯卻不然，他每天早上都認真地蹲在草坪上，拿著小剪刀和鏟子，一絲不苟地清除雜草、修剪枝條，他修剪草坪的細心程度，在這個街區恐怕都無人能及。而且每年的春天，他都要把房子粉刷得煥然一新。邁爾斯還對他的汽車倍加愛護，本來車子已經乾淨發亮，他還照樣要每天沖洗。邁爾斯簡直成為這個街區的「模範丈夫」了，鄰居的女主人們常拿邁爾斯作為榜樣，去教育她們不愛做家務的丈夫。

然而一切的一切，都因為三個月前的那起車禍而改變了。

三個月前，邁爾斯的妻子在橫穿馬路時不幸被一輛飛馳而來的汽車撞死了，肇事者逃之夭夭，至今仍逍遙法外。從那天起，邁爾斯就好像變了一個人似的，他無心再修剪草坪，也懶得收拾院落，整日把自己反鎖在房子裡。

喬治和其他一些鄰居見他可憐，就前去看望，並勸他節哀，但他堅強地說，雖然妻子的死令他傷心欲絕，但他會挺過去的，請大家不必為他擔心。鄰居們都很佩服他。

邁爾斯沒有子女。他和妻子結婚已經二十多年了，他們以一種特殊的方式愛著對方。

喬治站在邁爾斯的門前猶豫著：雖然自己此次拜訪邁爾斯先生恐怕不太符合警局的規定，但從道義上說，自己應該這樣做。想到這裡，喬治深吸了一口氣，按響了門鈴。

房子裡沒有回應。喬治又按了一下，門鈴發出長長的鳴叫聲。終於，房門緩緩地打開了，一個男人站在門邊陰暗的走廊裡，喬治用力地眨了眨眼睛，心中暗想：「莫非自己看錯了？這難道就是相處了十三年的老鄰居邁爾斯？」

「嘿，喬治！」那個男人開口了，「你還好嗎？」

果然是邁爾斯！喬治很感慨：短短的幾個月，不僅院子裡的草坪變了模樣，想不到人也變了，以前那個衣履整潔的邁爾斯，現在居然變成了一個穿著污漬斑斑的肥褲子、髒兮兮的 T 恤衫的男人，灰白色的頭髮亂蓬蓬的，胡亂糾結在一起，蓋住了前額，臉上長滿了密密匝匝的鬍子，看上去又黑又憔悴。

「我很好，邁爾斯！」喬治說，「你怎麼樣？我有很長時間沒看見你了。」

「放心吧，時間會帶走一切的。哦，你來找我有什麼事嗎？」邁爾斯問。

「我想和你聊聊，我可以進去嗎？」

「當然可以。」邁爾斯聳了聳肩，做了一個邀請的手勢。

喬治走進邁爾斯那昏暗的房間裡，雖然他的臉上並沒有表現出驚訝的神色，但他的心中卻仍然吃驚不小。在邁爾斯太太去世以前，喬治經常到他們家串門，那時他看到邁爾斯的家中總是乾淨整潔、一塵不染，家具也被擦得發亮，各種小擺設放置得井然有序。可如今，這個家就好像一個野人窩，地上東一堆西一堆地扔著髒衣服，舊報紙和空啤酒瓶子到處都是，油膩膩的地毯上灑滿了紙屑和麵包屑，屋頂的天花板上也掛滿了蜘蛛網……

放在屋角的電視機發出刺耳的聲音，原來是在轉播著一場足球賽。邁爾斯走過去。調低了電視的音量，然後把一堆報紙從沙發推到地板上，騰出了一小塊空間。

「請坐！喬治，來罐啤酒嗎？」

「不了，謝謝！」喬治回答說。在他的印象裡，這位鄰居以前似乎從不喝酒。

邁爾斯斜躺在長沙發上，抬起一隻腳蹺在一旁的小凳子上，「想找我談點什麼？」他問。

「今天上午，那個肇事的司機落網了！」喬治開門見山地說。

「怎麼，你們抓住他了？」邁爾斯驚訝地揚了一下眉毛，坐直身子問道。

「是的，雖然他現在還沒招供，但我們敢肯定他就是真凶！」喬治停了一下，又說，「這個傢伙今年二十三歲，離過婚，目前單身。他是一個徹頭徹尾的無賴，到處惹是生非，我們也是接到他鄰居的檢舉才將他逮捕的，因為在過去三個月裡，他一直把車藏在車庫裡。經過我們調查，他汽車的車牌、車型、顏色都和事發當晚目擊人的證詞完全吻合，而且，他汽車前面的保險桿有些彎曲 —— 那是撞擊造成的。更重要的是，這個傢伙在事發當晚沒有不在現場的證明。」

「那他現在在哪裡？」

喬治義憤填膺地說：「也許你聽到這些會難以接受，說實話，他現在獲得了保釋，因為他找了一個很有名的律師。不過你別擔心，我們手中掌握了大量的證據，這次他無法逃脫！」

「他叫什麼名字？」

「邁爾斯，」喬治說，「按照警局的規定，我本不應該提前向你透露這些，但我知道，自從你太太出事以後，你的情緒很糟糕，所以我向你透露一些案情的進展情況，相信這會讓你心裡好受些。至於如何懲罰肇事者，我想，還是交給法官處理吧！再說了，你知道他的名字又有什麼用？」

「那倒也是，我只不過是很好奇。」邁爾斯說。

「我此刻實在不便透露更多，不過你很快就會知道了，案件的審理情況會刊登在報紙上的。你知道嗎，那是個缺心眼的傢伙，我們去抓他時，他居然還若無其事地和一群狐朋狗友在他那小木屋裡賭博呢。」

「他被保釋了？」邁爾斯沉默了一會兒，突然冒出這樣一句。

「放心吧，他最多只能被保釋幾天，等到一開庭，我可以保證，他肯定會被判有罪的！」

聽到這裡，邁爾斯轉動了一下身子，從沙發的扶手上抓起一罐啤酒，一飲而盡，然後用手抹了抹嘴巴，說：「喬治，謝謝你告訴我這些，我現在感覺好多了，真是天網恢恢，那個該死能傢伙終於要受到嚴懲了！」

「這也正是我來找你的目的。」喬治笑著說，「相信這個消息能給你一些寬慰，邁爾斯。」

邁爾斯若有所思地望著手中的空啤酒罐，點了點頭。

「邁爾斯，我知道，這三個月來你一直都在痛苦中掙扎，我們這些老鄰居都很惦記你。對於你太太遭遇的不幸，我們也很悲痛，但人死不能復生，你未來的日子還長，你要重新振作起來。對了，你有空可以走出去散散心，如果你有什麼困難，就去隔壁找我吧。」

「我會的，謝謝你！喬治。」

剛一送走喬治，邁爾斯就馬上回到屋裡關掉電視。他一頭撲倒在沙發裡，一陣劇烈的頭痛猛然襲來，彷彿有根金屬桿子扎進了頭部一樣。在過去這三個月裡，他幾乎已經忘記了這種感覺，然而現在，這種痛苦的感覺似乎又回來了，而且更加強烈！他心中無比惶恐，緊緊地閉上了眼睛……

這時，妻子那熟悉的身影又浮現在他的眼前：他看見妻子正從超級市場裡走出來，手中還抱著一個購物袋……她非常謹慎，過馬路時，先停在馬路邊左右張望，看到沒有穿梭的車輛後，才邁步穿越馬路……可就在這時，馬路右方不知什麼時候突然冒出一輛灰色的汽車，待駛近她後，突然加速朝她衝去……她被巨大的引擎轟鳴聲嚇呆了，驚恐萬分地看著右方的汽車，幾乎邁不動步伐，隨著「砰」的一聲巨響，可憐的她就這樣被飛馳而來的汽車狠狠地拋向幾英呎高的空中……當她摔落到馬路中央時，已是血肉模糊了……購物袋裡的家具擦亮劑、空氣清新劑和殺蟲劑這些瓶瓶罐罐滾落了一地，而那輛肇事的汽車突然加速，逃之夭夭了……

邁爾斯躺在沙發上，心臟狂跳，大滴大滴的汗珠從額頭上流下來，彷彿有一股巨大的恐懼扼住了他的喉嚨，幾乎要窒息了。此刻他明白，必須要採取行動了！儘管這個念頭讓他感到有些不寒而慄，但他知道，如果不在法庭作出正確判決之前有所行動的話，那就一切都完了。

邁爾斯強撐著從沙發上爬起來，深深地吸了一口氣，努力讓自己的心緒平靜下來。他穿過走廊走進臥室，先是拉上了臥室的窗簾，然後小心翼翼地拉開櫃子最下面的抽屜，在抽屜中的雜物裡摸索著，終於，他找到了那把藏在抽屜底部的左輪手槍。他仔細地檢視著手槍，當確定裡面裝滿了子彈後，才放下心來。那是一把沒有登記註冊的手槍，也從來沒有發射過。

「今天這把槍就要有用武之地了！」邁爾斯暗想，「剛才喬治說過，小木屋……小木屋……對了！那個傢伙在三個月前曾無意中向自己提及他有一棟小木屋……沒錯！就位於安東尼奧街一九三號，想不到他居然藏在了那裡，這回他可插翅難飛了！」想到這裡，他看了看手錶，才晚上六點三十八分，天還沒有完全黑，時間還早著呢！於是他坐下來，一邊擦拭著手槍，一邊盤算著晚上的行動計畫。

當手錶的指針指向十一點時，邁爾斯悄悄地溜出了家門，他鑽進汽車駕駛室，開始了行動。突然，他又覺得頭部一陣陣劇烈的疼痛，就像三個月前那樣，他感到非常緊張和難受，真想立刻掉轉車頭回去，終止行動。但當他想到這將是自己又一次新奇的經歷時，就打消了放棄行動的念頭，重新鼓足了勁頭。結果，他反而覺得輕鬆了許多，頭也彷彿不那麼疼了。

邁爾斯開車沿著安東尼奧街一路尋找，終於，他看到矗立在街邊的那棟小木屋，昏黃的燈光正從窗戶裡透出來。他把汽車停在街角的暗處，戴上手套，把手槍藏在大衣口袋裡，然後下了車，悄悄地向那棟小木屋走去。口袋裡的槍沉甸甸的，他的內心也無比沉重，他知道自己是在冒險，但又別無選擇。

邁爾斯來到木屋前，先環視了一下四周，當確認周圍沒人後，他便輕輕地轉動了一下側門的搖桿，門居然無聲地開了！這讓邁爾斯感到非常欣喜，心想，一定是這個傢伙太粗心，忘了鎖門，或者因為這裡是一個非常幽靜的住宅區，居民們過慣了安寧的日子，所以根本就沒有鎖門的習慣。

邁爾斯像個幽靈似的閃了進去，他把左輪手槍握在手中，先在屋門邊靜靜地站了一會，聽了聽屋內的動靜，真是萬幸，屋裡沒有狗。他又躡手躡腳地來到廚房，觀察了一番，也沒有什麼異常。他穿過廚房來到走廊，只見從後面的房間裡射出一線燈光，他小心翼翼地朝燈光走去，突然聽到了打鼾聲，他朝裡面一望，原來這是一個書房，一個又高又瘦的男人坐在一把椅子上睡得正香。那人仰著頭、張著嘴，不斷發出鼾聲，在他身旁的桌子上放著半瓶酒和一個沒喝盡的酒杯。

邁爾斯心中暗喜，他輕輕地朝那人走過去。那人還在酣睡，絲毫都沒有察覺到有人正在一步步靠近。邁爾斯走到他身邊，小心地把左輪手槍的槍柄放在他手中，並把他的指尖壓在槍的扳機上，那個可憐的傢伙還在喃喃地夢囈著，兩條腿還動了一下，邁爾斯抓著他的手，慢慢地抬起來，將槍口指在他的太陽穴上……突然，那個男人被驚醒了，他睜開眼睛與邁爾斯對視，瞬間，他的臉上浮現出無比驚愕的神情。

就在這時，槍響了！

槍聲在屋裡迴盪著，邁爾斯迅速將槍扔下，衝出屋子並隨手帶上了房門。他快速跑向自己的汽車，一上駕駛座，就將手套扯掉丟在副駕駛的位置上，他雙手顫抖著發動了汽車，迅速地消失在無盡的夜色中。

「結束了，一切都結束了！」邁爾斯默默地念叨著，「那個傢伙涉嫌駕車肇事，將面臨著法庭的指控，如今他死了，每個人都會認為他是畏罪自殺，即便有人懷疑，也絕不會想到是我把他幹掉的，因為我根本就不知道他的名字和住址，這一點喬治可以作證。再說，那把左輪手槍也沒有登記註冊，警察根本查不出來。上帝保佑，我總算安全了！」

雖然他在心裡不斷地寬慰著自己，但一路上，他的內心還是非常惶恐和緊張，直到他回到自己的家門口，看到庭院裡雜草叢生的草坪時，這才鬆了一口氣。「假如妻子還活著，她一定會命令自己把草坪修剪得整整齊齊，不過，那種日子再也不會有了！」邁爾斯心裡想。

他將車停在車庫裡，把那副手套往夾克的口袋裡一塞，便開門進了屋子，一股灰塵的刺鼻氣味撲面而來，再也不像以前那樣洋溢著檸檬的香味了。邁爾斯看著一片狼藉的房間，心想：「今後再也聽不見妻子的指使了——『這是放椅子的地方，那是放鞋子的地方……』」

他越想越開心，走進臥室，脫下身上的衣服隨手丟在床邊的一堆雜物中，換上了一件很久沒有洗的睡衣，然後他又轉身走到廚房，在冰箱裡找到一罐啤酒，啟開罐口猛喝了一大口，隨著冰涼的啤酒下肚，他的頭腦也清爽了許多。「要是妻子還活著，是絕不允許家裡有任何酒精飲料的，現在總算自由了！」

他一邊喝著啤酒，一邊朝臥室走，心裡想：「一切都在計畫之中，只是有一點令人遺憾，早知道花錢僱來的那個窩囊廢這麼不濟事，我還不如親自殺死她，免得現在還麻煩我自己再動一次手。」

拳擊高手

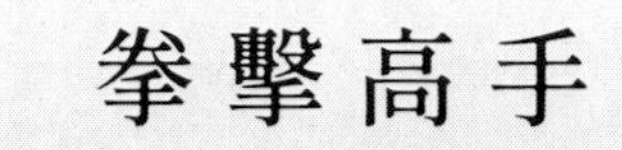

天色漸漸黑了下來，我經營的拳擊俱樂部也要關門了，當我正要鎖上大門的時候，一個身材魁梧的陌生人朝我走了過來。

他渾身上下一襲黑色 —— 黑色的帽子、黑色的西裝、黑色的皮鞋，手裡還拎著一個黑色的手提袋，甚至連他的眼睛也是黑的。

「聽說你牽頭組織拳擊比賽？」陌生人問。我點點頭說：「是的，我當了好幾位拳擊手的經紀人。」

我從事經紀人這個行業已經有好多年了，雖然我手裡有幾位拳擊好手，但他們還算不上頂尖高手，其中最優秀的要算是斯通，他曾經獲得過輕量級第十的名次，也曾上過一次拳擊雜誌的封面，但後來，他連續四次被納諾擊敗，我便離開了他。

「你找我有何貴幹？」我問。

「我想請你做我的經紀人，」那個陌生人說，「我想進入拳擊界發展。」

我上下打量著他，從體形上看，他的確具備成為拳擊手的基本條件 —— 猜想體重超過八十六公斤，身高一百八十五公分。但他的競技狀態似乎不佳，不僅臉色蒼白，皮膚和肌肉鬆弛，而且年齡也肯定不小了。

「你今年多大了？」我問。

他面部肌肉抽動了一下，反問道：「拳擊手的最佳年齡是多少？」

「先生，根據本州的法律，任何四十歲以下的人都可以參加拳擊比賽。」我回答說。

「噢，我三十歲。」他說，「我有身分證。」

「嘿，老兄，」我微微一笑說，「在拳擊圈裡，三十歲的年紀是拳擊手的巔峰，過了三十歲就要走下坡路了，而你三十歲才入行……」

他眨了眨眼睛，不服氣地說：「可是，我絕對比一般的拳擊手要強壯，不信你看看！」說著，就要伸出手臂來給我看。

我笑著說：「詩人曾經說過：你十歲得到神力，因為你心地純潔？」

他似乎並沒有聽出我話中的嘲諷意味，還一本正經地點了點頭，說：「真讓你說對了，我十歲的時候就獲得了超越同齡人的力量。我想把這種力量用在正大光明的競技上，而不是用來幹壞事。」

說完，他把手提袋放下，走到體育室牆角的槓鈴架邊，一隻手輕輕一提，便提起了一副槓鈴，緊接著，他又像玩兒童玩具一樣，耍起了槓鈴。

那個槓鈴究竟有多重，我不太清楚，但我記得，就在兩小時前，溫尼在舉那個槓鈴時累得氣喘吁吁。要知道，溫尼是練舉重出身的，他現在還是個重量級拳擊手呢！

那個陌生人的天生神力讓我感到驚訝，但畢竟我這裡是拳擊俱樂部，而不是舉重俱樂部，於是我對他說：「你的力氣果然很大，要不，我介紹你去本地的舉重俱樂部吧？」

「不行！舉重賺不到錢，我現在需要很多錢！」他嘆著氣說，「以前我從不缺錢，可現在卻幾乎身無分文，我急切需要賺錢！」

聽他這麼說，我又仔細地打量了他一下，只見他身上的西裝雖然有點髒，而且還皺巴巴的，但卻是一件價值不菲的名牌西裝。「或許他說的是實情，他一度曾很富有。」我心中暗想。

「最近我一直在關注體育報導，我知道，拳擊是一項很容易賺大錢的競技專案，所以我決定投身這個圈子，賺幾年錢。」他說，「你瞧，我都已經作好準備了，我用最後的一點錢買了短褲和鞋子，但我還沒有手套，你可以借我一副。」

我揚起眉毛，笑著說：「你的意思是……現在就想和人比試一下？」

我轉身看看俱樂部裡，會員們幾乎都走光了，只有一個叫鮑比的小夥子還在對著沙袋練習。鮑比是很有拳擊天賦的年輕人，他訓練刻苦，技術水準提高得也很快。到現在為止，他已經贏過六場比賽，其中三場將對方擊昏，三場被裁判判勝。當然，他恐怕一輩子都很難達到頂尖高手的程度，但作為一個業餘拳手來說，已經是綽綽有餘了。

「對！就讓鮑比和他過過招，然後趕緊將他打發走，我也好早點上床休息。」其實，我的床就是辦公室的一張摺疊床。

「鮑比，你過來！」我招呼著，「這位先生想和你比試一下。」

「好的。」鮑比同意了。

於是我請那位陌生人也去更衣，不一會，他就穿著拳擊短褲和運動鞋和運動鞋走出來了。我借給他一副拳擊手套，讓他和鮑比走上拳臺。

我敲響了比賽開始的銅鑼，然後不緊不慢地從菸盒裡取出一支雪茄，劃了一根火柴準備點菸。鮑比按照他慣用的套路，迅速接近那個陌生人，然後猛地一記右拳，接著一記左勾拳，誰知這兩下凌厲的攻擊竟被對方輕易地閃過，鮑比還沒來得及轉換成防守姿勢，便被對方一記速度極快的左勾拳打倒在地，昏了過去。

這居然是發生在開賽短短五秒鐘內的事！我劃著的火柴還沒來得及點燃雪茄。我急忙丟下雪茄和火柴，爬進場中檢視鮑比的傷勢，還好只是被打昏了，沒有大礙。

俗話說，外行看熱鬧，內行看門道。我在拳擊界混了這麼多年，明白陌生人那一記又快又準的左勾拳的確是技術含量頗高的一次進攻。我急忙看了看俱樂部，想再叫個人來和陌生人試試，可這裡已經沒有其他會員了，我只好聳聳肩說：「先生，你的左拳真棒，只是不知道你的右拳如何？」

「實際上，我更擅長用右拳進攻。」

聽了這話，我不禁倒抽一口冷氣。過了片刻，我又說：「你在進攻方面完全是一流水準，不過，你的抗擊打能力怎麼樣呢？」

他微微一笑，對我說：「如果你想知道，請打我一拳試試？」

「那你可要小心哦！可別怪我出手太重。」說完，我把鮑比右手上的手套脫下來，戴在自己手上。早在三十年前，在我拳擊生涯的巔峰時期，我的右拳是極其有威力的，雖說現在不比當年，但力量也不小。我鉚足了勁兒，衝著他的下巴就是一拳！

「啊！」我疼得大叫了一聲，向後跳開了。我感覺我的拳頭好像打在岩石上一樣，而那位陌生人卻好像沒事人一樣，微笑著站在原地。我急忙脫下手套檢視自己的手，還好，沒有受傷。這時，鮑比也醒過來了，他艱難地從地上爬起來，還要和陌生人再打一局。我知道鮑比絕非是陌生人的對手，便對他說：「今晚不打了，鮑比，下次再打吧！」我讓陌生人先去淋浴，然後再到我的辦公室來。

「先生，怎麼稱呼你？」我問陌生人。

「我叫加里。」他的口音聽起來像是外國人。

「那以後我就叫你加里，你叫我華倫好了。」我說。

我又點燃了一支雪茄，慢悠悠地說：「加里，我可以讓你走進拳擊界，也能讓你獲得成功，如願地賺到大錢，但我們首先得簽一份合約，確立我們的合作關係。我們明天一早就去律師那裡怎麼樣？」

加里顯得有些不安，他搖著頭說：「不行，明天白天我不能去。事實上，只要是白天我都無法外出。」

「為什麼不行？」我皺了皺眉頭，疑惑地問。

「我有畏光症，只要被強烈的陽光照射，我渾身就會又疼又癢，而且沒力氣。所以，即使我打比賽，也必須安排在晚上進行。」

「原來是這樣！這好辦，」我說，「現在拳擊比賽沒有在白天舉行的，都是在晚上。不過，畏光症這事你先隱瞞一段時間，尤其是不能讓衛生局知道，這種病不會傳染吧？」

「不會的。」加里笑著說。他笑的時候，嘴的兩側露出了一對虎牙，看起來非常怪異。現在我終於明白他為什麼總是習慣抿著嘴了。

「對了，華倫，你……可以先預支一點錢給我嗎？」加里吞吞吐吐地問。

要是換了其他剛認識的人向我借錢，我會立刻讓他滾到一邊去，但眼前的這個加里卻不同，他前途無量，我覺得可以借錢給他，順便收買人心。於是我說：「沒問題，加里，你沒錢吃飯了嗎？」

「不，是沒錢交房租了。今天早上我的房東說，如果我再拖欠租金，就要把我掃地出門。」

第二天上午十點，納什打電話給我，說起週六晚上麥加洛和伯克比賽的事。

納什和我一樣，也是位拳擊經紀人。麥加洛是納什手下最優秀的重量級拳手，他年紀輕、速度快，在納什的精心培養下，正在向一流拳手的隊伍邁進。

「華倫，週六麥加洛和伯克的比賽出了點問題，伯克突然病了，不能上場，不知道你手上有沒有人能代替伯克出場？」

我了解伯克的戰績，他贏過十八場，連續輸過十場，在他輸的這十場比賽中，有六場是被擊昏的，這意味著伯克最近的狀態正在走下坡路，因此，我必須也找一個類似的拳擊手推薦給納什。在我的俱樂部裡，當然也有從一線退役的拳擊手可供選擇，但我又一想，為什麼不讓加里去試試呢？也許一場正式的比賽是檢驗加里成色的最好機會。

於是，我在電話裡對納什說：「現在我手邊還沒有合適的人選，不過，昨天晚上我這裡來了一個新人，名叫加里。」

「加里？怎麼沒聽說過這個人啊，他的戰績如何？」

「他剛從國外來，我也沒有他的戰績記錄。」

「那麼，他的拳打得怎麼樣？」納什小心翼翼地問。

「他出左拳的速度極快，但他右拳怎麼樣，我不知道。」

納什似乎對加里產生了點兒興趣，又問：「那你覺得這個人的實力怎麼樣？」

「昨天晚上他來找我，告訴我他已經一無所有，想憑打拳來賺錢。」我對納什說，「依據我的判斷，他是個很有潛力的選手，至少在三十五歲之前，他一定會成為一流的拳擊手。」

「好吧！但願加里能夠在麥加洛手下撐兩個回合，我可不想要不堪一擊的。」納什在電話裡笑著說。

「納什，我無法向你保證什麼，不過，我很看好加里。」

第二天傍晚，加里又來俱樂部找我，我帶著他去見律師，然後我們簽訂了合約，約好每場比賽我抽取門票的百分之十。

週六那天，比賽就要開始了，我送給加里一件黑色的長袍，因為那是他最喜歡的顏色，然後我就帶著他步入賽場。

由於麥加洛是當地人，又擁有很多粉絲，所以那天來觀戰的大部分觀眾也都是衝著他來的。我和加里在拳臺的這一端作好了出戰的準備。

這時，開賽的鑼聲響起來了。麥加洛從他的那一端走到拳臺中央，一邊走還一邊在胸口上畫著十字。加里見麥加洛這樣做，突然變得面色蒼白、驚恐萬狀，我以為他是被麥加洛的氣勢給鎮住了，就趕緊給他打氣說：「加里，別緊張，你只能硬著頭皮上了，閉著眼睛打吧！」加里點點頭，深吸了一口氣，轉身向拳臺中央跑去。他站好姿勢，兩眼盯著麥加洛，猛然出了一記左拳，狠狠地擊中麥加洛的下巴，結果麥加洛轟然倒地。全場的觀眾幾乎都驚呆了，連裁判也目瞪口呆，甚至忘記了數數，因為這場比賽開賽僅九秒鐘，麥加洛就被加里擊倒。

觀眾席上發出了一陣陣噓聲，這並不是因為麥加洛落敗，而是因為比賽的速度矢快了，他們花了錢卻沒看到精彩的比賽。

我和加里剛剛返回更衣室，就見納什已經怒氣沖沖地等在那裡了，他狠狠地瞪著加里，然後把我拉到一邊質問說：「華倫，你這是在坑我！」

我趕緊解釋說：「納什，我發誓，我絕沒想到會出現這種結果！」

「不行，必須讓我的麥加洛扳回一局，我們再比賽一場！」

「再比一場？」我捻著下巴上的鬍子，緩緩地說，「再比一場倒是可以，不過，門票的百分之六十要歸我們。」

「百分之六十？你這簡直是搶劫！」納什氣得差點跳了起來，可他轉念一想，麥加洛敗北是他戰績上的污點，必須盡快洗刷掉。經過一番討價還價，我們決定各得門票的一半。

兩天後的一個晚上，我關上拳擊俱樂部的門，回到辦公室，加里正坐在電視機前興致勃勃地看吸血鬼電影，見我進去，他就趕快切換了頻道。

「加里，我不喜歡吸血鬼電影，那太不合邏輯了！」我說。

「為什麼？」

「這種電影經常會描述一個吸血鬼四處吸血，被它吸過血的人也都變成了吸血鬼，而那些吸血鬼再分頭去吸血……如果照此邏輯，要不了多久，地球上的人類都會變成吸血鬼，它們將無血可吸，最後都必然餓死，不是嗎？」

加里露出他那對尖尖的虎牙，笑著說：「華倫，可是吸血鬼也不傻呀！他們會控制自己的吸血量，在這個人身上吸一點，在那個人身上吸一點，被吸血的人除了會有點輕微的疲倦感……」我點頭對加里的看法表示同意，並調低電視的音量，然後言歸正傳，和他談起比賽的事。

「加里，我知道，憑你的實力在幾秒鐘內放倒麥加洛易如反掌，但你要清楚，拳擊不僅是一種比賽，也是一種表演，觀眾花了錢，肯定不希望只看二十秒鐘的比賽，我們必須多打一會，讓觀眾們也心滿意足，這樣他們下回才肯再花錢來看。所以，當你下次再對戰麥加洛時，你必須多和他纏鬥一會，一直到第五回合再把他打倒。」

加里困惑地看著我，似乎還不太明白。我點著一支菸，繼續向他解釋說：「如果你太厲害的話，以後誰還敢和你打？如果以後沒人和你打，你怎麼賺一大筆錢呢？」我用錢做例子來開導他，加里一下子就開了竅，他答應下次再與麥加洛比賽時，手下稍微留點情。

在我們等待與麥加洛重新比賽的那幾個星期裡，加里根本就沒參加任何訓練，我對他也不加干涉，因為我對他的拳技很有信心。不過令人費解的是，加里從不告訴我他住在哪裡，也不告訴我他的電話，我猜他可能是自尊心較強，不想讓我看到他簡陋的住處。總之，他每隔一兩天就會到俱樂部來，跟我聊上幾句。

加里和麥加洛的第二次比賽終於又開始了。這次加里按照我說的，在拳擊臺上和麥加洛你來我往，打得很熱鬧，打到第五個回合時，加里看時機已到，便一拳擊倒了麥加洛。這下加里名聲大振，一下子擁有了許多粉絲。在那以後的日子裡，我們又簽了很多場比賽。

為了不讓比賽顯得一邊倒，我跟加里商量，讓他在每場都故意被對方擊倒兩三次，造成加里只是個進攻犀利的選手，但防守不行的假象，這樣一來，每個拳擊經紀人都會認為自己的拳擊手也能有擊倒加里的機會。

在隨後的一年裡，加里參加過七場正式比賽，每場都完勝對手。後來，加里的名聲越來越大，其他州的拳擊手也前來挑戰他。有了加里這棵搖錢樹，我們都賺了許多錢。但是後來，我發現加里好像有心事，經常一個人沉默地坐著，我問他到底是怎麼回事，他卻搖搖頭不肯說。

加里出名了，也吸引了許多女孩子的目光，紛紛約他出去玩，據我所知，加里對待她們一直非常規矩，從未有過非分之想。

我們贏了第十場比賽後，一天早晨，我正在辦公室數錢時，突然聽見了敲門聲。開門一看，外面站著一位女人，她中等個頭，相貌一般，看上去並沒有什麼特殊之處。

「請問，怎麼才能找到加里先生？」她問。

「我也沒有他的聯繫方式，」我說，「他只是偶爾來這裡，我甚至不知道他住哪裡。」

她怔住了，然後向我吐露了實情：「兩個星期前，我開車去另外一個州看望姑媽。在返回的路上，由於天黑路滑，我的車輪陷進了溝裡，我費了好大力氣也無法把汽車弄出來，我又累又餓，最後迷迷糊糊地在車裡睡著了。那天我做了個怪夢，夢見一個男人幫助了我。而夢醒之後，真的發現我的汽車窗外有一個身材高大的男人，正低頭看著我。他很熱情地幫助了我，用他自己的車把我送到一個公用電話亭，我打電話給父親，請父親派人來接我……」當這位女子說話時，我注意到她的喉部有兩個紅色的小包，好像被蚊蟲叮咬過一樣。

她繼續說：「他幫助了我之後就離開了，連姓名也沒有留下。但這幾天，他的影子一直在我眼前晃動……」說到這裡，那位女子的臉紅了，「昨天晚上，我看電視裡的體育新聞時，才知道他叫加里，是本地有名的拳擊手，於是我就找到你這裡來，想向他親自道謝……」

「好的，那他下次來的時候，我代為轉達吧。」

她仍站在那裡不肯走，突然，她好像想起了什麼，說：「加里那天把錢包掉在了現場，裡面有一千元，拖車司機拾到後交給了我。」

我心想：「這年頭，像這種好心的拖車司機不多了啊！」我對那女子說：「我可以替妳把一千元轉交給加里。」

她尷尬地笑了笑，說：「真是不巧，今天走得匆忙，我忘記把加里的錢包帶出來。我叫黛芬，還是給你留下我的地址和聯繫方式吧，請你轉告加里，讓他直接找我來取。」

第二天，加里來到俱樂部，我把黛芬的事告訴他，並把她的地址和聯繫方式也給了他。

加里感到很奇怪，他說：「我並沒有丟錢包呀，甚至我從來都不用錢包。」

我笑著說：「看來這位黛芬小姐不惜花一千元的代價認識你。加里，你那天真的幫助過她嗎？」

「呃，的確……我發現她在車中睡著了，就開車送她去了公用電話亭。」

「你有汽車？」

「是的，上個星期才買的，在城市裡有輛汽車方便些。」

「什麼牌的汽車？」

「1974 年的大眾汽車，是二手車，發動機還行，但車身比較破舊。噢，我想起來了，那位叫黛芬的小姐開的是林肯豪華型。」

「別羨慕人家，加里，我們的事業蒸蒸日上，很快你也能買得起那種豪華車。」

在接下來的兩場比賽中，我們又完勝了對手。這兩場比賽引起了電視臺的關注，他們還對比賽進行了直播。我以為加里會很開心，可他仍然悶悶不樂。

有天晚上，加里突然來辦公室找我，說：「華倫，告訴你個好消息，我要結婚了！」

我感到很驚訝，不過轉念又一想，這沒什麼可奇怪的，很多拳擊手到了三十歲左右都邁進了婚姻的殿堂。於是我就問他：「跟誰結婚啊？」

「黛芬。」

「黛……芬？」我想了半天才反應過來，「你說的是那天來的女人？」

他點了點頭。

「你沒搞錯吧？加里，現在你成為眾多女孩子追捧的偶像，怎麼會選擇黛芬呢？她看上去可是很一般哪。」

「我看中了她的氣質。」

「加里，開什麼玩笑，黛芬的氣質也很平庸，」我笑著說，「哦，對了，你該不會是看上她的錢了吧？」

加里的臉紅了，小聲說：「當然……經濟實力也是一個因素。」

「可是，加里，你的前途一片光明：很快你就會擁有很多錢，多得數不過來！」

「華倫，你不知道我最近的壓力有多大，很多親朋好友得知我進入拳擊界後，都紛紛來信指責我，說我這樣的家世背景，不應該為了錢而比賽，」加里低著頭囁嚅地說，「我也考慮了很久，我想我應該退出拳壇了，否則就是在玷污我的貴族血統。」

「貴族？」我詫異極了，「難道，你是皇室成員？」

「從某種程度上講，算是吧！」他嘆了口氣，「我的親戚們為了讓我退出拳壇，已經開始為我捐款，可我怎麼有顏面接受他們的錢呢？」

「難道，為了錢和那個女子結婚，你就有顏面嗎？」我表情嚴肅地詰問他。

「華倫，聽我把話講完，」他說，「和黛芬結婚，我在收穫金錢的同時，好歹也能收穫愛情。」

我們爭論了半天，最後，我希望他回去好好考慮一下，他答應了。

一個星期過去了，他杳無音信，我簡直急壞了。

一天晚上十點半左右，鮑比突然來到我的辦公室，交給我一封信。我一看那信封，就預感到事情不妙，拆開一看，果然是加里寫的。

親愛的華倫：

我經過仔細的考慮，最後還是決定退出拳壇。我很抱歉，辜負了你對我的一片厚望！我相信你說的，如果我繼續在拳壇發展，我能賺到數百萬元，但是，我還是要離開了。祝你好運。最後，我也向你保證，我會給你回報，絕不讓你兩手空空。

加里

信的最後一句話令我困惑不已，要用什麼回報我？難道信封裡有支票？我抖抖信封，什麼也沒有。這話是什麼意思呢？

我望著眼前的鮑比，他卻衝我笑著說：「打我一拳！」

我盯著他，只見鮑比的脖子上有兩個好像被蚊蟲叮咬過的小紅點，他的嘴裡也長出了兩個虎牙 —— 竟然和加里的一模一樣！

「打我一拳試試！」他再次說。

也許我不應該打他，但我心情實在太鬱悶了，加里走了，我的搖錢樹也倒了，我要發洩，於是我猛地朝鮑比的下巴打了過去！

只聽「咔嚓」一聲，我的手腕骨折了。

當醫生為我打夾板時，我卻笑了。

因為我這才明白，加里臨走前把他的能力傳給了鮑比，那是他對我最後的回報。

男人的書

晚飯後，戴維把立體聲音響開到了最大音量，在他那間位於十樓公寓的小房子裡，充滿了流行音樂那動感十足的聲音。伴隨著音樂聲，他又脫掉鞋子，舒舒服服地躺在沙發上看書。

有些經歷能改變一個人的一生。當戴維翻開《從艱難走向勝利》這本書的扉頁時，他深信，這本書也將改變他的一生。還不到五分鐘，他就被書中的精妙論述所吸引，以至於對震耳欲聾的音樂充耳不聞。

在《從艱難走向勝利》這本書的書封上寫著這樣一句話：這是一本男人必讀的書，更是有事業心男人的人生指南。書的作者詹姆斯是一位傑出的房地產經紀人，他白手起家，憑藉自己的努力，最終走向了成功。戴維認真地閱讀著，他希望從詹姆斯的書中獲得成功的祕訣。

突然，門口傳來一陣急促的敲門聲，打斷了他的思緒，他非常不情願地將書放在桌子上，走過去開門一看，原來是住在隔壁的明克斯。明克斯與他年紀相仿，今年三十六歲，只是個子稍矮一些。

「你的音響，假如……假如你把音量放低一些，我將感激不盡。因為，現在已經很晚了，我明天還要上班……」明克斯藍色的眼睛裡流露出沮喪的神情，吞吞吐吐地說。

「好吧！」戴維不客氣地甩出一句，隨後「砰」的一聲關上了房門。

戴維不想和鄰居爭吵，但他心裡很討厭明克斯，因為明克斯總是抱怨他的音響聲太大了。

戴維朝他的立體聲音響走過去，正要伸手調低音量，突然一轉念：「明克斯算老幾？憑什麼要聽他的？我在自己的房間裡聽音樂，誰也無權干涉！」

想到這裡，戴維又躺回到沙發上，重新拿起了書。現在該看第三章——《從脅迫到勝利——徐徐灌人恐懼的藝術》了。戴維有滋有味地朗讀起來，嗓門甚至超過了音響。

明克斯再沒有上門打擾。

戴維心裡很高興，他覺得，在自己強硬態度的脅迫下，那個多事的明克斯也只能忍氣吞聲，這是多麼好的例子啊！戴維不禁對詹姆斯的書信心大增。

又讀了一段時間，戴維終於讀累了，於是他合上書，關上音響，躺到了床上。但他的思考並沒有停止，還在回顧剛才讀過的內容。他認為《從艱難到勝利》不僅是一本好書，而且這本書對於他而言，是來得恰到好處！因為他所在的公司最近要在東南區成立新的分公司，公司上層準備從他和另一個名叫韋爾的人中間選出一位擔任分公司經理，他覺得自己正好可以從這本書中學到一些職場致勝的竅門。

第二天早晨，在公司的電梯裡，戴維遇到了韋爾，「早晨好！」韋爾像往常一樣友好地和戴維打招呼。但戴維卻把頭一偏，沒有搭腔，他心中暗想：「要用冷漠來打擊韋爾！」

電梯門開了，兩人走出電梯。戴維偷眼觀察了一下韋爾的臉，只見韋爾的臉上帶有一種迷惘的神情，他想：「這正好符合詹姆斯書上說的，那種表情是『敵人遭到打擊後，失去平衡的第一個象徵。』」

到了吃午飯的時候，戴維來到韋爾經常吃飯的餐廳，他在走過韋爾的桌邊時，漫不經心地朝他揮了揮手，算是打招呼。然後，他又故作瀟灑地走到消費更昂貴的雅座，故意找一個能讓韋爾看見的座位坐下。戴維向侍者要了一杯馬丁尼，他一邊小口啜飲著，一邊假裝焦急地看著手錶，好像在等什麼重要客人。他清楚，韋爾下午一點三十分有個會議，等一下就會離開餐廳，他打算等韋爾離開餐廳後，回到廉價的座位上，點一份三明治來吃。

戴維正在盤算著，韋爾卻從椅子上站起來，友好地朝他走過來，他則假裝沒看見，還是繼續喝著杯中的馬丁尼酒。

「戴維，」韋爾面帶微笑地說，「你在等人嗎？」

「是的，等一位朋友。」

「嘿，今天早晨我向你打招呼，可你沒理睬我，該不會是對我有什麼誤會吧？」

「沒有，韋爾，當時我正在考慮事，所以沒聽見。」戴維解釋說。

這時，戴維突然想到《從艱難到勝利》一書中提到，當對手站著和你交流的時候，你絕不可以坐著，必須也站起來，以便在氣勢上壓倒對方。於是戴維也端著飲料，站著和韋爾說話。

他們聊了一會兒，韋爾告辭了。戴維也跟著向外走。

「你不等朋友了嗎？」韋爾問道。

「他有事，不能來了，再說已經過了約定的時間。」戴維說著，便和韋爾一同走出餐廳。

戴維故意把車停在韋爾的汽車旁邊，他的車是新車，而且剛打過蠟，看起來光可鑑人。他故作深沉地鑽進嶄新的汽車，猛踩油門，飛快地駛離停車場，將韋爾遠遠地甩在了後面。他心中暗自高興——認為自己又讓韋爾受到一次「沉重的」打擊。

傍晚時分，戴維拖著疲憊的身軀回到了家。由於一整天的工作壓力，他的心情也非常惡劣，剛走到家門口，正好碰見明克斯從隔壁走出來，明克斯正扣著皺巴巴西裝外套的鈕扣，衝他點點頭，便急匆匆地向電梯走去。

「明克斯！」戴維在背後輕輕地叫了一聲，等明克斯轉過身，他卻故意不理不睬地直接走進自己的公寓，然後「砰」的一聲關上門。戴維為自己剛才的惡作劇感到開心不已，他的心情也舒暢了些。

吃完晚飯，戴維繼續躺在沙發上閱讀《從艱難到勝利》的第三章。這一章指出，某些型別的人有時候很難被打垮，要多費些工夫對付他們。「這說的不就是韋爾這樣的頑固傢伙嘛？」戴維心想，「看來要對韋爾展開一場持久戰了。」

正當他饒有興味地沉浸在書中時，隔壁傳來了鄰居明克斯返回住處的聲音。他把書放下，打開了音響，而且開得很大，頓時震耳欲聾的音樂聲再次充斥了整個房間。

「正好用明克斯這種無用的傢伙來練練手，驗證書上所說的技巧是否靈驗。」戴維心裡想，「韋爾是個敏感、沉默的人，比明克斯也強不到哪裡去，只要有足夠的時間和耐心，也一樣能夠被打垮。」

第二天，公司經理羅蒂先生讓戴維到韋爾辦公室去，經理要與他們二人開個會，討論一下有關設立雙層貨櫃的可行性。戴維清楚，這次是他和韋爾一次真刀真槍的比試，誰的建議被經理採納，誰就有可能成為東南區的分公司經理。戴維心想:「正好可以藉此機會進一步驗證一下《從艱難到勝利》第三章的技巧。」。

戴維提前半個小時來到韋爾的辦公室，和韋爾一起等待羅蒂先生的到來。

韋爾熱情地請戴維坐下，可他卻冷冷地拒絕了，反而裝作漫不經意地在辦公室踱來踱去，只是偶爾瞄一眼坐在椅子上的韋爾。

韋爾對戴維的失禮不以為然，他主動與戴維交換著關於設立雙層貨櫃的看法：「戴維，我們應該試製成本低，效果好的新式貨櫃。」

「哦，我倒是有幾個好辦法。」戴維小聲地自言自語道，雖然他的聲音非常輕，但韋爾還是聽到了，韋爾和藹而好奇地問：「什麼辦法？說出來聽聽？」

「說出來聽聽？我有那麼傻嗎？」戴維心中不禁升起一股無名怒火，他心想，「我的點子怎麼可能與你分享呢？」

這時，羅蒂經理走進了韋爾的辦公室，戴維和韋爾都站起來向經理打招呼。戴維對經理很恭敬，他微笑著點頭，努力使自己顯得不過於謙卑。因為書中介紹過，在與上司打交道的過程中，要表現出一種平等的態度。

羅蒂經理也笑著朝他們點點頭，然後讓他們坐下來。羅蒂經理說：「公司需要的是一種成本低廉、品質上乘的新式貨櫃，今天找你們來，是想聽聽你們的看法……」

在羅蒂經理說話時，戴維兩眼一直傲慢地盯著韋爾，這讓韋爾漸漸地顯得有點不自然了，臉上流露出一種迷惑的神情。戴維見此情形，心裡暗暗得意。

羅蒂經理突然停住了講話，問道：「戴維，你在聽嗎？」

正在溜號的戴維被經理的問話嚇得打了個冷戰，「當然在聽，經理！」他急忙說道。

「那你說說看，我剛才說的是什麼？」羅蒂經理不滿地問。

這下戴維傻眼了，他剛才根本沒有專心聽羅蒂經理的講話，結果他被問得啞口無言。這時，韋爾露出了微笑 —— 至少他似乎在微笑。

最後，羅蒂經理將戴維責備了一番，並要求他和韋爾回去仔細思考貨架的製作方案，一個星期之後提交報告。

戴維悶了一肚子氣，悻悻地回到了家。他今天受到了經理的責備，而且還是在韋爾面前，這讓他覺得臉上很無光。那天晚上，他不得不把工作帶回家做。

晚上的大部分時間，戴維都在研究著如何用一堆紙板來搭建貨架的模型。他沒有讀書，而是把所有的精力都集中在紙板的厚度、波狀紙板的樣式、立體的尺寸和壓力等因素上，最後他終於想出了一個好點子，解決了貨架的負重問題。戴維打量著自己做出來的貨架模型，心想：「按照工程學原理，這是可行的。」

最後，戴維累壞了，他打開音響，然後一頭倒在沙發上。他心裡想：「該死的韋爾，今天就是因為你，才害得我被經理責備！」

這時，門外又傳來一陣敲門聲，「一定是明克斯，不管他！」戴維翻了個身，繼續思索他的辦公室戰爭。

大約過了十分鐘，戴維家的電話鈴響了起來，他假裝沒聽見，繼續躺在沙發上。當電話第六次響起時，他不能再裝聾作啞了，就罵罵咧咧地從沙發上起來，拿起話筒。電話聽筒中傳來明克斯那畏怯的聲音，戴維不禁心生厭惡。

「戴維先生，你家的音樂聲太大了，我剛才敲你家的門，你沒有開。求求你，把音樂放小聲點吧，我現在筋疲力盡，我要睡覺⋯⋯我們全家人都被吵得睡不著，我弟弟因此還生病住院了⋯⋯」明克斯膽怯的聲音反倒讓戴維來了精神，「看來詹姆斯的這套理論在明克斯身上發揮作用了，現在他怕了自己，哈哈！」戴維想。

「你弟弟住院與我有什麼關係？有誰能證明是被我的音樂吵的？」戴維大聲說。

「我沒有責怪你的意思，我只是請你⋯⋯」

「好吧，好吧，我把音響聲調小點兒就是了！」戴維應付著，然後把電話結束通話了。

戴維重新回到沙發上躺下，他根本沒有把音量關小，而是任由它繼續大聲地響著——這是書上第七章介紹的「欲擒故縱」的技巧。戴維斷定，明克斯沒有膽量報警。

戴維真的有點睏了，他躺在沙發上睡著了。

大約在凌晨四點鐘，戴維醒了，他發現音樂仍在播放著，心想那盤磁帶一定翻來覆去地播放了幾十遍。

這一夜，明克斯沒有再打來電話，即使他打來電話，熟睡中的戴維也聽不見。

第二天一早，戴維走出家門，來到電梯口，碰巧明克斯也在這裡等電梯。明斯克看起來氣色非常差，眼泡浮腫、臉色蒼白、嘴唇乾裂，他似乎有意在迴避戴維，而戴維卻示威般地死死地盯著他。戴維知道明克斯不敢把自己怎麼樣，他認為，像明克斯和韋爾這種人只知道幻想。《從艱難到勝利》的第八章說：「世界屬於那些無畏的、有進取心的人。」戴維認為自己就屬於那種人。

在戴維的眼裡，明克斯只不過是一個有趣的實驗品，而自己真正要對付的是韋爾，因為韋爾目前還沒有被自己學來的招數所擊潰。

很快，一個星期就過去了。在經理要求提交報告的前一天晚上，戴維趁同事們都下班之後，用一張塑膠卡片撬開了韋爾辦公室的門鎖。他倒要看看韋爾究竟拿出了什麼樣的解決方案——這是那本書的第五章所說的「合理的偵查」。戴維拿著小手電，像個間諜一樣在韋爾的抽屜裡翻找，最後，他在中間的抽屜裡找到了韋爾擬好的工作報告。

藉著手電的微光，戴維迅速地閱讀了一遍韋爾的報告，

他不禁大為驚嘆 —— 韋爾提出的製作貨架的方案比自己的方案更完美，不但製作方法簡單，還大大節約了費用。「如果韋爾的報告交上去，那東南區分公司經理的位置就非他莫屬啊！」戴維暗暗地想。他猶豫了一下，拿出鋼筆，在韋爾的報告上偷偷塗改了一些數字，然後又將報告放回原位，最後他輕輕地帶上了門，沒有留下一絲痕跡。

那天晚上，戴維非常高興地回到家。為了慶祝，他決定去一家上等餐廳用餐，於是他洗了個澡，換上一身休閒裝，便離開了家。臨走前，他打開音響，放大音量 —— 這也是他慣用的招數，是為了震懾竊賊，讓他們以為屋內有人。

第二天，羅蒂經理告訴戴維，任命他為東南區的分公司經理。「太好了！看來這本書果然靈驗！」戴維心中暗喜。韋爾雖然落選了，但他並沒有流露出失望。戴維認為，人生中總要做一些不擇手段的事，只有我這樣的人才能爬上去，像韋爾這種弱者將注定被自己踩在腳下。

戴維平時很少喝酒，但那天晚上，他卻獨自一人去了家附近的一個餐廳，點了一桌子美酒佳餚，為的是犒勞犒勞自己。午夜時分，當他搖搖晃晃地走出餐廳時，才發覺自己實在是喝多了。

當他一腳深一腳淺地踏進家門時，腳下傳來了咯吱咯吱的聲音，他低頭一看，地上全是碎玻璃，再仔細一瞧，發現家中的那個昂貴的立體聲音響不知被什麼人砸了個稀巴爛，各種音樂錄音帶也被砸碎，並亂扔了一地，還有那個進口的唱片機，也成了一堆廢銅爛鐵……

戴維被眼前的這一幕驚呆了。

「這是我的唯一選擇！」黑暗的房間裡，突然響起了一個男人的聲音。

戴維嚇了一跳，急忙去按電燈開關，只見他的鄰居明克斯正端坐在沙發上，面帶歉意地看著自己。

「我本不應這樣做，」明克斯說，「我討厭暴力……但是，我的家族有人格分裂症的遺傳病史，大部分的時候，我是安靜的、懦弱的、平和的，可是，當病症發作起來……我無法控制自己的行為……」

明克斯說這話的時候，他的面部肌肉僵直，表情古怪，彷彿變了一個人。

戴維大吼道：「你這個卑鄙的傢伙，我不管你什麼病史，你賠我的音響……」剛喊到一半，他突然發現明克斯的手裡居然還攥著一把長柄的消防斧 —— 那是放在走廊的消防箱裡的。戴維頓時嚇得臉色蒼白，一邊向後退，一邊結結巴巴地說：「你……你要幹什麼？」

明克斯站了起來，向前逼近，他那張固執的臉上流露出一種前所未見的神情，緊接著，斧頭便帶著死亡的氣息朝戴維的頭部砍來。在那一瞬間，戴維後悔自己沒有讀完《從艱難到勝利》，因為在那本書的後面，說不定還提到了如何對付人格分裂症患者的招數。

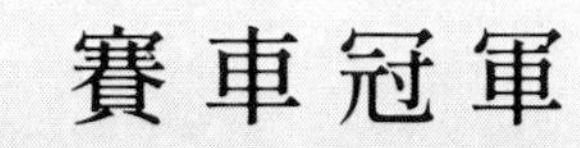
賽車冠軍

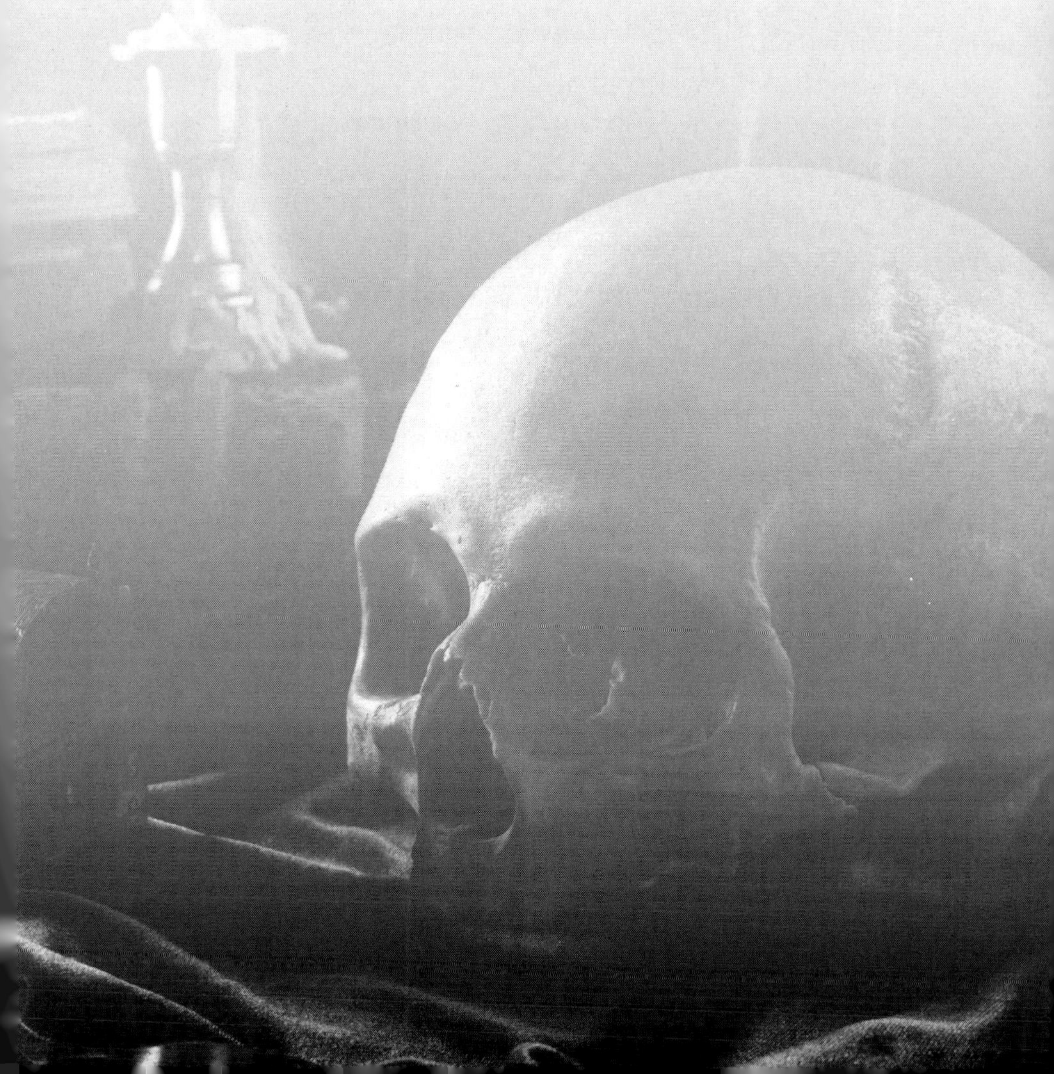

有時候，好心會為自己招惹麻煩，甚至還會帶來生命危險，你信嗎？

有些駕駛者樂於助人，願意讓路邊的陌生人搭乘自己的車。如果那陌生人是普通百姓，倒還好辦，可假如碰上個居心叵測的傢伙，駕駛者的處境可就堪憂了。

其實，這種事情時有發生。如果僅僅是汽車和錢財被歹人劫走，這還算走運的，還有一些倒楣的駕駛者，最終可能成為躺在太平間裡的冰冷屍體；有的人身上只中了一顆子彈，這還不算很慘的，還有一些人則是被殘忍地殺害，死相簡直慘不忍睹。

當然了，儘管搭載陌生人要冒點風險，但總有好心的駕駛者還是會將車停在路旁那些伸出拇指的人的面前，笑容滿面地送他們一程。

我們今天故事的主角就是這樣子的一位好心人。

他駕駛著汽車在高速公路上飛馳。他的汽車很新，可美中不足的是，汽車上的收音機卻有點小故障——只能發出噼噼啪啪的電波干擾聲，卻接收不到任何廣播訊號。

從下午五點到晚上九點，他已經在這條公路上連續行駛將近五個小時了。一路上，他沒有聽到任何人類說話的聲音，因此覺得非常無聊和寂寞。他透過擋風玻璃向前看去，只有一眼望不到頭的水泥路面在一公里一公里地消逝……漸漸地，他感到眼皮越來越沉重，如果不是強撐著，他甚至都快趴到方向盤上睡著了。

是路邊出現的指示牌驅散了他的睡意，原來，前方不遠處就是春谷鎮的收費站了。他連忙減速，不一會兒，車子就緩緩地駛到了收費站的欄桿前。收費小姐一邊收著錢，一邊善意地提醒他：在前方的道路上幾乎沒有車輛和行人，今天晚上可能會下小雨，請他注意行車安全。

他把找回的零錢塞進遮陽板後面，微笑著向收費小姐示意後，便發動汽車，繼續前行。不知從什麼時候開始，天空中原本明亮的月亮和星星被烏雲遮蔽了，看來真的要下雨了。他的車燈照射在路旁的一塊塊里程碑上，反射出瑩瑩的微光，好似貓的眼睛，閃爍著從他身旁掠過。後面還有四百英哩的路程，不過，他並不擔心來往的車輛或十字路口會阻礙他的行程，因為在這漫長的路程上，只有路旁的里程碑陪伴著他。

漸漸地，他的思緒又回到了年輕的時候。遙想當年，他曾站在路旁，伸出拇指向路上的過往司機示意，請求搭順風車。有許多時候，好心的司機會停下來讓他上車；但也有苦苦等了幾個小時，居然沒有一輛車肯停下來帶他一程的境況，最後呢，他只能邁著疲倦的雙腿向目的地走去……

突然，車燈照到了前方不遠處的一個東西 —— 那是一個男人，正揮著拇指向他示意。他心頭一動，下意識地踩下了剎車，汽車緩緩地在那個男人面前停住了。那人從敞開的車窗探進頭來問：「先生，請讓我搭一段順風車好嗎？」

他按亮了車內的頂燈，打量著車外的那個男人，只見他身穿皮夾克，繫著領帶，腳邊還有一個廉價的提包。「這個男人除了頭髮有點亂以外，看上去倒不像壞人。」他心裡想。於是，微笑著衝車內努努嘴，說：「上來吧。」那個男人連聲道謝，拎著提包上了車，坐在副駕駛的位置上，靠著座椅靠背長長地出了一口氣。

他關掉車裡的燈，加大油門，繼續向前行駛，不一會兒，時速就達到了六十公里。

「你要去哪裡？」他問那人。

「去前方的阿雨巴鎮，」那人回答說，「我必須趕在明天早晨八點之前到那裡，否則老闆就炒我的魷魚了。」

「放心吧！」他說，「我要去水牛鎮，正好路過阿雨巴鎮，我會在那附近讓你下車的。」

「那太感謝你了！」那人笑得眼睛瞇成了一條縫兒。

接下來的幾分鐘，他們誰也沒說話。最後，還是他打破了沉默，問道：「年輕人，你叫什麼？」

「邁克，邁克．傑瑞，我已經二十五歲了，並不年輕了。」

「不過，對我這個年齡的人來說，二十五歲還很年輕。」他笑著說，「邁克，我很樂意幫助你，可你知道嗎，在高速路上搭順風車是違法的行為。」

聽了這話，邁克似乎有些緊張，在座位上扭動了幾下，然後小聲問：「你要把我送到警察那裡去嗎？」

「哦，不會的，我只是提醒你而已。」他說，「在我年輕的時候，也經常冒著觸犯法律的危險站在路邊搭便車，也有好心的司機停下來搭載我。那個時代，人人相互信任，是個充滿人情味的時代。」

「是啊，我從傍晚就站在那裡等，可是沒有一輛車肯停下來。」邁克說，「有好幾次，我看到貌似警車的汽車開過來，就急忙鑽進路旁的樹叢裡，如果被他們逮到，我就全完了。」

汽車繼續向前開。大約過了十幾分鐘，公路的前方出現了星星點點的燈火，顯然，前面是一個鎮子。他說：「前面是塞芬鎮，我開了好幾個小時的車，已經很疲勞了，我們到鎮上找個餐廳坐下來喝杯咖啡怎麼樣？」

「不，我不喝。」邁克推辭說。

「別擔心，我請客。」

「我不要咖啡，我什麼都不要！」邁克說話的語氣很急促。

「哦，那我去喝一杯咖啡，你在車上等我十分鐘。」

這時，邁克拉開皮夾克的拉鍊，將手伸進夾克的口袋裡，彷彿在摸著什麼。

「也許他是在找零錢吧？也許……，」然而還沒等他想明白，突然聽見邁克厲聲說：「先生，把車直接開過塞芬鎮，我們不在那裡逗留！」

邁克粗魯無禮的語氣讓他心中非常不快，他沒好氣地說：「聽著，這是我的汽車，我愛在哪裡停就在哪裡停，我說了算……」可話還沒說完，他就覺得自己腰間被頂上了一個硬邦邦的東西，用眼角一瞟，不由得大驚失色，原來邁克手裡正拿著一把槍。

「先生，現在是我說了算！」邁克惡狠狠地說，並用槍口猛地戳了一下他的肋骨，一陣劇痛傳來，他把著方向盤的雙手一抖，汽車差點滑到對面的車道上。

「好好開！」邁克命令道。

他急忙定了定神，重新控制住方向盤，讓汽車在安全的位置行駛。同時，他用腳輕輕地踩了一下剎車，想讓車速慢一點。

「不能停！」邁克大聲說，「你老老實實地繼續開，速度別太快，也別太慢！」

汽車飛速地駛過了塞芬鎮的出口，沒有停留。不久，塞芬鎮那星星點點的燈火就被他們甩在了身後。現在，高速公路兩旁是無人的荒野，這裡距離哈里曼交流道還有大約十五英哩的路程。

汽車越往前開，公路兩旁越荒涼，公路也越來越窄，他說：「我必須放慢速度，道路實在太窄了。」

「不行！你必須保持原有的速度！」邁克說，「雖然這段路很窄，但沒有其他車輛。另外，我可要警告你，假如看到警車，你最好給我老實點，別試圖用車燈給警察打訊號，或者耍其他花招，我的子彈可不長眼！」說著，邁克還拿著手槍在他眼前晃了晃。

「那我們開到哪裡？」由於過度緊張和恐懼，他覺得胃裡一陣收縮，差點嘔吐出來。他穩定了一下情緒，用一隻手把住方向盤，另一隻手鬆了鬆身上的安全帶。

「越遠越好！我要擺脫警察的追捕。」邁克大聲說，「太遺憾了，我不得不逃離春谷鎮，都怪那該死的老太婆！」說到這裡，他用槍柄重重地敲擊著汽車的儀器板。

「老太婆？你說的是你母親？」

「不，我說的老太婆住在春谷鎮收費站的一幢房子裡。」邁克恨恨地說，「我眼看著男女主人帶著孩子出了門，心想家裡一定沒有人，就撬開後門進了屋。我把一樓的客廳翻了個遍，找到手提電視、打字機，還有好多現金，對了，還有這把槍。當我正要離開時，沒想到被那個老太婆撞見了，她從二樓的臥室裡出來。當時，她堵在大門口不讓我走，還聲嘶力竭地叫喊，那嗓門幾乎把全鎮的人都吵醒了！」

「那後來你怎麼脫的身？」他問。

「哼，死老太婆！現在她已經永遠閉嘴了！」

邁克說著，晃了晃手中的槍。

「那你要把我怎麼樣？殺死我？」他問。

「那要看你是否合作了。要是你老老實實的，也許我會放你一條生路；要是你敢動什麼鬼主意的話，也許幾天之後警察會在臭水溝裡找到你的屍體！」邁克獰笑道。

「我全聽你的，絕不敢有其他想法！我不想死。」

「如果那個老太婆也像你這樣想，那她也不會死。」

汽車行駛了很久，一路上，他的身體都在不由自主地顫抖。是啊，被一支槍頂在腰間，換了誰都會心驚膽顫的。當汽車開到新堡交流道時，一輛帶有拖斗的大卡車突然從後面超車，卡車拖斗險些撞上他的汽車的車頭，他急忙猛踩剎車，這才化險為夷。而坐在副駕駛位置上的邁克也吃驚不小，他的雙腳也下意識地猛踩，手中的槍差點滑落。

「笨蛋！」邁克稍微穩定了一下心神，用槍重新頂住他的腰部，惡狠狠地罵道。他驚恐地注視著卡車正以每小時八十公里的速度隆隆駛入前方的黑暗中。

剛才的變故似乎讓他受到某種啟發，他思索了片刻，然後腳踩油門，慢慢地提高了車速。此時，驚魂未定的邁克正伸手去拉車座上的安全帶，他要把安全帶繫在自己身上。

「別動！」他突然大吼一聲。邁克被這突然響起的命令嚇了一大跳，手一哆嗦，居然鬆開了安全帶。然而，過了幾秒鐘，邁克就反應過來，開始大笑起來：「你給我放聰明點，現在還是我說了算！」

「你這麼自信？」他輕蔑地說，「要我說，咱倆最好不要爭，否則，只要我的方向盤稍稍一偏，恐怕咱倆就會成為路基下的兩具破碎的屍體了。」

邁克愣了一下，拿槍的手也不禁顫抖起來，顯然是被他的話嚇住了：「你到底想怎麼樣？」

「很簡單，把你的手從安全帶上拿開！」他平靜地說。

「好吧，你看，我的手已經從安全帶上拿開了。」邁克無奈地聳聳肩說。

「現在我命令你把槍放下，把雙手放在我能看見的地方！」他命令說。

「什麼？放下槍，那絕不可能！」邁克叫道。

「是嗎？如果你不這樣做，我會讓車撞向路邊的里程碑，要不要試試看？」

邁克心中不由得一驚，但他隨即大聲說：「你不會那樣做的，對嗎？現在車速已經每小時七十公里了，那樣一撞，你我會同歸於盡的。」

「同歸於盡？好啊，我不在乎，反正你也要殺死我，不是嗎？」

「我不會殺你的，」邁克的口氣明顯緩和了下來，「我只是想要你的汽車而已。只要你與我合作，我保證不會傷害你的！」

他搖了搖頭，說：「你以為我會相信你的話嗎？那個老太婆已經死於你的槍下，現在你是一個背負著人命案的亡命之徒，你逃避追捕的唯一機會就是躲到警察找不到的地方，如果你把我放走了，難道不擔心我會報警？我很清楚，你一定會殺我滅口的，是不是？」

邁克被問得一時語塞。過了好久，他才迸出一句話來：「混蛋！現在車速已經是每小時八十公里了，你就不能開慢點嗎？」

「你的武器是槍，而我的武器是速度！邁克，在這種速度下，如果你膽敢開槍，我們倆瞬間就會玩完！」說完，他又狠狠地踩了一腳，速度表的指標竟緩緩地指向了每小時九十公里。

「開得太快了！路面上的一顆小石子都有可能讓我們的車子失控！」邁克驚呼道。

「不要懷疑我的車技，邁克。對了，你喜歡看賽車嗎？」

「賽車？那東西我可不感興趣。」

「那實在太遺憾了，」他笑著說，「當前最有名的賽車手是歐·史密斯，他曾兩次獲得全國賽車冠軍，今晚你正有幸和他乘同一輛車。」

「什麼？」邁克睜大了眼睛。

「實話告訴你吧，我就是歐·史密斯，這個國家最好的賽車手！」說完，他輕輕地轉動了一下方向盤，衝向對面迎頭開過來的一輛卡車……

但他又迅速將方向盤向回一撥，兩輛車擦身而過。

邁克嚇得面如土色，哆囉哆嗦地說：「你……你瘋啦？快減速！快！」

「怎麼樣？很刺激吧？邁克！現在，請你把那把槍處理掉。」

「怎麼處理？」

「很簡單，打開車窗，把手槍扔到窗戶外面去，然後我才減速。」

「哈哈哈！我雖然害怕撞車，可我還沒害怕到要聽你的命令放棄手槍的地步！」邁克大笑著說，「如果我放棄了手槍，就會被你送到警察局，那是死路一條。如果我不放棄手槍，就算你撞車，我也許還有生還的機會。」

「你大概還不知道，我除了是一名賽車手之外，我還為一家汽車公司當安全顧問，讓我來給你普及一下駕車的科學常識吧。」他說。「你，你想說什麼？」

「我們曾經作過汽車的碰撞試驗。當汽車以每小時五十公里的速度撞向一堵牆的時候，在撞車的那一瞬間，或者說十分之一秒內，汽車的前緩衝板、冷卻器和各種機械就會在巨大的衝力之下被壓成一團金屬；在撞車的第一秒時，汽車前蓋會撞個粉碎，擋風玻璃也炸成無數碎片，汽車後部會因為慣性的作用高高翹起，那時，汽車的前半部受到阻力而停下，但後半部繼續向前推進，於是，你的身體會被巨大的力量向前推，這股巨大的力量足以將你的雙腿齊齊折斷！」

「你給我閉嘴！老東西！」

「繼續聽我說，我是在為你展示，你究竟是如何走向死亡的。在撞車的第三秒時，巨大的慣性將你的上身向前推，而你的腿部則被汽車的儀器板阻擋，其結果是，你的膝蓋將被搗碎；在第四秒和第五秒的時候，汽車的慣性力量繼續將你向前推，你的頭會以每小時三十五公里的速度撞在儀器板上，瞬間被撞碎，腦漿四濺；到了第六秒的時候，猛烈的撞擊結束了，汽車的車身扭成麻花狀，你的身體也被扭曲變形的鋼板碾碎，不過你不會感到疼痛，因為那時你已經死了。」

「噢，對了，」他說，「需要強調的一點是，我剛才說的情形是在每小時五十公里的速度下發生的，而我們現在的速度已經接近每小時九十公里，所以，你看著辦吧。」

「什麼？難道你親眼見過撞車的一幕？」邁克問。

「是的，親眼所見！」他點點頭，「你知道，汽車公司通常會對碰撞試驗的過程進行錄影，然後用慢鏡頭回放，進行研究。那種景象真是慘不忍睹啊！邁克。」

邁克乾笑了幾聲，說道：「你的講述一度讓我聽得入了神，但我不相信你會故意撞車的，你也怕死，對不對？照這個速度開下去，汽油遲早會耗光，到時候你還是得乖乖地停下來！」

「不要忘記，我可是個賽車冠軍，我對汽車瞭如指掌，你知道為什麼我不讓你繫安全帶嗎？」

「為什麼？」

「假如我現在朝某個東西，比如一塊里程碑上撞過去，安全帶可以救我一命。」他笑著說，「也許猛烈的撞擊會讓我內臟出血，但我不會失去知覺，我仍然可以控制汽車，而你可就慘嘍！巨大的慣性會讓你的身體猛地向前衝，也許會讓儀器板將你的頭撞個粉碎，也許會將你丟擲車外摔個支離破碎……總之，我會撿一條命，而你，必死無疑！」

邁克臉色蒼白，下意識地去摸安全帶。

「別碰它，把你的手放下！」他喝道，同時他猛轉方向盤，汽車像喝醉了酒一樣在公路上走著S形。邁克急忙把雙手放在儀器板上面，抓得緊緊的。

「邁克，你把槍扔掉！」

邁克緊緊抓住手槍，用槍指向他的頭部，顫抖著說：「我要……」。

駕駛室裡一陣沉默，只能聽見車輪飛速旋轉的聲音以及車外呼呼的風聲。

這時，邁克的腦子裡正在進行著激烈的思想鬥爭：「自己背負一宗命案，如果此時扔掉槍，束手就擒，那麼後半生可能將在鐵窗內度過……不行！」想到這裡，邁克「咔嗒」一聲打開手槍的保險，「可是，這時車速已經高達每小時一百公里，如果扣動扳機，扭曲的汽車外殼將會切進自己的身體，或者將自己擠成肉餅……」

最終，邁克狠狠地罵了一聲，打開車窗，將手槍朝窗外拋去。

從反光鏡裡，他看到手槍落在地上，在與地面碰撞時摩擦閃出一串火花。他鬆了一口氣，慢慢將車速降低到每小時六十公里的合法速度。這時，他才發現自己握著方向盤的手心裡全是汗。

不一會兒，汽車到達了金士頓鎮。他發現前面不遠處停著一輛警車，警燈正在不住地閃爍，那是警察在夜間巡邏。他急忙將汽車開到警車旁，讓汽車緊緊地靠著警車，使邁克無法打開車門逃跑。

最後，在警察的強大震懾下，邁克束手就擒。當警察為邁克戴上手銬時，他不服氣地說：「歐·史密斯！我真是倒了八輩子楣，搭上了你的車。可你又瘦又矮，看起來一點兒也不像個賽車冠軍！」

「邁克，賽車不需要太強壯，只要反應敏捷。」他笑著說。

「如果你不是賽車手，而是其他職業的人，我是不會被警察抓住的！」邁克朝地上吐了口唾沫，「警察永遠不會找到我，也不會找到你。」

警察將邁克關進警車，然後走到他面前。

「先生，他剛才叫你歐·史密斯，對嗎？我在電視上見過這個全國賽車冠軍，可你並不是他本人啊。」

「是的，我不是，」他微笑著回答說，「我叫約翰森，是一家小書店的老闆，不是賽車冠軍。我要去永牛鎮看我的女兒和外孫們，我為外孫帶去一件禮物，那是一本書，今天我能倖免，多虧了那本書。」說著，他從口袋裡掏出一本厚厚的平裝書，警察接過來一看，書名叫做《駕駛安全須知》，作者是歐．史密斯。

封面還有作者的照片，那是一位相貌英俊的年輕人，戴著一副賽車用的護目鏡。

「不瞞你說，這一路上我是現學現賣，居然把那個殺人犯給唬住了！」他得意地說，「多看書會有好處的，關鍵時刻興許能救命呢。」

職業刺客

「你想要殺誰？」我問。

「我自己。」米切爾說。

又是一個那種人。

我說：「我沒有必要知道你為什麼要死，不過，也許你可以滿足我的好奇心。」

「我欠了一屁股債，只有用保險費來償還，剩下的錢還能讓我太太和兩個孩子過上好日子。」

「你確信這是唯一的辦法嗎？」

他點點頭。

米切爾是一個三十歲出頭的人，他向我問道：「你是一位好射手嗎？」

「是最出色的。」

「我要你射穿我的心臟。」

「這是個明智的選擇，」我說，「那不會有什麼痛苦，也不會引起懷疑。大部分的人只喜歡打開棺木供人瞻仰遺容，棺木蓋上卻可能會引起人們的懷疑和幻想。——所以你覺得什麼時候最好？」

「中午十二點到一點最理想，」他解釋說，「我是海灣儲蓄所的會計，十二點是我們吃午飯的時間，星期五除外。星期五我是櫃檯負責人。那時候只有我和一位小姐在營業廳。」

「你要那女孩做證人？」

「是的，如果沒有人看見我被槍殺，我的死亡可能會引起懷疑，那時要求賠償就會很麻煩。」

「星期五，十二點三十分整，我走進營業廳，開槍打死你？」

「記住要穿過心臟，」他再次說，「我想我們可以使整個事件看上去像搶劫。」

「還有報酬問題。」

「當然，要多少錢？」

我試著開了個數目：「一萬元。」

他皺著眉想了一會，說：「我先預付五千元，其他的事後再——」他停下來，我對他微微一笑：「很顯然，沒有什麼事後了。」

他讓步了，不過他仍然不是那種預先支付全款的人。

「這麼辦，我現在付給你五千元，其他的我放進一個信封，放在營業廳的櫃檯上，你殺了我後，就可以拿走信封。」

「我怎麼才能確定信封裡裝的不是報紙或其他東西呢？」

「你可以先看看信封裡的東西，然後再殺我。」

這聽起來似乎很合理。

「從你的情況來看，你幾乎破產了，所以你到哪裡去弄那一萬元呢？」

「我過去兩個月裡從公司挪用出來的，」他打量著我，問，「你這裡經常有像我這樣的顧客嗎？」

「不經常有。」

實際上，在我的職業生涯中，我確實處理過像米切爾這樣的事，其中有三件我幹得非常滿意，只有一次例外，皮羅的那次。

皮羅是本市一所中學的數學教師，他深愛著一位教家庭經濟史的女士。不幸的是，這位小姐並不喜歡他，而是嫁給了一個校董事會的成員。

皮羅勇敢地參加了她教堂的婚禮，但是婚禮後，他立刻在海濱散步，並來到一家酒吧。就是在那裡，他認識了弗倫 —— 我的代理人之一。

喝完四杯威士忌，皮羅向弗倫表示，他不想活了，可是也沒有自殺的勇氣。接著弗倫就把他介紹給了我。

「我猜有那種人，在僱你之後，又改變主意不想死了，是嗎？」米切爾問。

「是的。」

「可是，一旦你收了人家的錢去殺人，你就不能停下，不管他們怎麼哀求，是嗎？」

我微微一笑。

「我不會請你饒命的。」米切爾堅決地說。

「可是你會逃跑嗎？」

「不，我不會逃跑的。」

但那一次皮羅就逃跑了，我到現在仍然遺憾那位僱主交付的這項工作沒有做完。

米切爾從口袋裡掏出一個厚厚的信封，數出五千元給我：「開車到營業廳，向我開槍，然後開車離開，有十分鐘的時間可供你全身而退。記住，一定要穿透心臟！」

他走後，我鎖上門，來到了隔壁套房裡。

和顧客見面時，我總是租兩間相連的房間或套房，防備別人跟蹤我。

進入第二間房子後，我摘下假鬍子、墨鏡和淡金色假髮。我把這些和襯衫、西裝外套一起，塞進我的高爾夫球袋。然後我套上一件運動衫，戴上一頂棒球帽，背上了裝著稀奇古怪東西的高爾夫球袋。當我離開時，我是一個出門打高爾夫球的人。

在旅館停車場，我看見米切爾正開著一輛淡藍色的轎車離去，我默默地記下他的車牌號。

我也上了車，來到凱西街的羅盤酒吧。我約好了弗倫在這裡會面。

除了弗倫，我還有許多代理人，我喜歡稱他們為協會會員。他們分布在全國各地，每當他們找到一位顧客時，便在當地報紙上刊登一則遺失廣告：「遺失棕白色牧羊犬，名叫紫羅蘭，送還者有獎。」廣告的後面是電話號碼。

這些年來，我的會員們和我合作得很愉快，只有一些小麻煩，就是我們得為那十三隻名叫紫羅蘭的牧羊犬找安身的人家。

雖然是這樣的職業，但至少表面上，我與鄰居們沒有什麼不同 —— 除了我訂了十六份美國報紙和兩份加拿大報紙。

弗倫留著一部大鬍子，臉上是一對平靜的眼睛。他總愛穿著淡綠色夾克，戴著船長的長舌帽。有人可能以為他在海上過了大半生，其實他是個社會安全域性的退休會計。

他住在郊外，但每天午飯後他便穿上制服，開車進城，或者到海邊。他在海邊和酒吧裡消磨大部分時間，聽別人聊大海的故事，偶爾還會請請客。他很嚮往海上生涯，要不是早婚和五個孩子的拖累，他一定會選擇他嚮往的生活。然後天黑之前，他便返回女婿家。

我發現他坐在一張劃痕纍纍的桌子邊，正在喝著啤酒。

「你拿到多少？」他問，「帶來沒有？」

「他預付了五千元，」我在桌子下面打開信封，數出兩千。

我付四成佣金給我的代理人，可能有些人認為我付高了。但是我覺得，我的會員做得並不比我少，他們的期望也和我一樣高。

弗倫是我的新會員，到目前他只介紹給我兩個人 —— 皮羅和現在的米切爾。

他把鈔票對折起來，放進淡綠色夾克的口袋。

「你怎麼發現米切爾的？」我問。

「其實是他發現我的。我正坐在這裡看午報，他走了進來，從吧檯上要了一杯啤酒，在我旁邊的椅子上坐下。他喝完啤酒後，看著我說『你要喝什麼？』我說啤酒。他要了兩杯，在我桌邊坐下來。沒過多久，他就告訴了我他的煩惱和他的想法。」

「他知不知道你的名字？」

「不知道，我從來不告訴別人。」

「可是他來找你，幾乎馬上就和你談起他的煩惱。」

弗倫緩緩點點頭道：「現在想起來，所有事都是他先提出來的。」

我想了一會說：「你肯定你從來沒有告訴過任何人我的

事？」

「我發誓，」弗倫肯定地說，「一位船長發的誓，世界上沒人知道我們之間的關係。當然，皮羅除外。」

皮羅？米切爾會不會是從皮羅那裡介紹來的呢？

我的會員從來不會告訴顧客他們的真實姓名或住址，儘管如此，皮羅仍有可能以別的方式幫助米切爾找到弗倫。

弗倫的制服、大鬍子，還有他經常在海邊 —— 還有，我現在才剛注意到，弗倫右眉上面有一個星形傷疤 —— 是的，要找到弗倫並不難。

我在想，如果米切爾是從皮羅那裡得到的消息，那這又有什麼關係呢？

「弗倫，」我說，「我想你現在最好不要用那些錢，至少在我告訴你之前不要用。」

他似乎明白了我的意思。

「你認為鈔票上被做了記號，或者警方有號碼？」然後他淡淡一笑，「我希望我們最後不必扔掉它。」

我也希望如此。

第二天，我驅車二百英哩，來到了米切爾所說的那個小鎮。我到的時間是兩點過後。

那個小鎮像個農村，大部分生意都集中在一條主要街道上。鎮界上有塊牌子，上面寫著：入口 2314。我停下車，走進一家藥店，在公共電話亭中翻閱鎮上的電話。發現這鎮上有二十二家商店，三位醫生，一位按摩師，兩位牙醫，六家餐廳，四座教堂，一家儲蓄所和國家律師事務所。

我注意到在四位律師中，有一位名叫米切爾。

我考慮了一下。米切爾說他是儲蓄所的會計，那麼他會不會是律師兼會計呢？

我又翻閱了住宅的部分，沒有發現皮羅這個名字。

於是我離開藥房，在主要街道上漫步，在一家理髮店門口駐足看看鎮上的選舉海報。

從海報上看，米切爾還是當地地方法院的檢察官。

我嘆了一口氣，漫步著經過海灣儲蓄所，裡面有三四位職員，六七個顧客，我沒有看到米切爾。他可能會在裡面的辦公室。

然後我拐進了最近的一家酒吧。裡面很安靜，只有兩位穿著工作服的人坐在吧檯的一頭，邊喝邊聊。

他們喝完酒後，就離開了。

酒吧侍者擦了擦吧檯，向我走過來，準備和我這位客人聊天。

「剛到這裡？」

是的，他不可能認識這裡所有的兩千三百一十四人，但顯然他認為我是陌生人，可能是因為我這樣子太顯眼了。

在喝三杯啤酒的時間裡，我打聽到米切爾是個單身漢，沒有成家，並且正在競選當地法院的檢察官。這對他來說很困難，因為他不是本地人，而選民們則願意把票投向自己家鄉的人。我也打聽到，警長馬丁的妻子是米切爾的姐姐，他的妹妹剛和一位中學數學老師結婚。

那位數學教師叫什麼名字？他叫莫洛。

三點差一刻，我離開酒吧，徒步走回停車處。我很快找到了海灣中學，學校門口有一排校車，等著學生放學。

三點過十分，學校的鈴聲響了，三十秒之後，學生蜂擁而出，他們中的大部分衝向校車。當第一位老師開始離校時，大部分校車已經坐滿了學生，然後校車開車了。

我等著，最後看到了皮羅 —— 現在他叫莫洛。他個子高高的，有點駝背，年齡是近三十歲。

我看著他走向他的汽車，假使他注意到我也沒關係，我們只見過一次面，那次我戴著假鬍子、墨鏡和假髮。

皮羅預付了三千元，對一個教師來說，這不是個小數目。

對他的死亡，他沒有提出確切時間，他也不願意知道確切時間，只限定在一個星期內完成。可是三天後，當我去找他的時候，他失蹤了。

後來我從別處得知，皮羅在跟我見面後的二十四小時內，忽然發現生命很寶貴，不應該輕易丟掉。

可是當他急忙趕到和我見面的旅館裡，我已經早不在那了。他又趕到第一次與弗倫見面的酒吧，但弗倫那天去外地看望孫子，也不在。皮羅嚇壞了，連忙收拾行李逃跑了。

現在，我看著莫洛，也就是皮羅 —— 上了汽車，開走了。

我緊跟其後。

走過六條街後，他停在一棟高大的維多利亞式住宅前，下車鑽進了大廈。我開車過去時注意到，米切爾那輛淡轟色的轎車正停在皮羅的汽車前。

這又使我想起米切爾。他騙我說已婚，有兩個孩子。那是什麼意思？使他自殺的動機看上去更可信？他真正的意圖是什麼？

我回到那條主街道上，把車停在鎮上唯一的旅館後面，登記後便拿著自己的衣箱和高爾夫球袋進了房間。

第二天便是星期五，我很晚才起來吃早飯，然後漫步到那條主要街道上。

我遇見了一位肥碩的警官，從他的年齡和舉止來看，我猜想他就是馬丁警長。

我走上臺階，進入鎮裡的圖書館，找到一本書，然後在一張靠近窗戶的桌子邊坐下閱讀。窗戶正對著那條主要街道，從那裡我可以清楚地看到海灣儲蓄所。

十一點過十分，我看見馬丁警長走進了儲蓄所。我等待著，而他沒有離開。

十一點半……十二點……十二點半……

他仍然沒有出來。直到一點鐘的時候，米切爾從儲蓄所裡走出來，向街道兩邊來回張望，又低頭看自己的手錶，回到儲蓄所裡。

我仍然等著，對馬丁警長一直在裡面感到十分好奇。他會出來嗎？

兩點差一刻的時候，他仍沒有出來的意思。

我只好放棄，現在是離開小鎮的時候了。我將書放回書架，走回旅館。

當我打開房門時，馬丁警長正拿手槍等著我，朝我微笑說：「這麼說，你不打算到儲蓄所亮相了？」

我擺出一副無辜的樣子說：「亮相？亮什麼相？」

他走到我面前，搜查了我的口袋，但沒有找到武器。

我注意到他還搜了我的衣箱，也查了高爾夫球袋。我的假鬍子、墨鏡和假髮都攤在床上。

他放回手槍，說：「你沒有按約定出現，我很奇怪，有五千元等著你來拿，而你居然不來，為什麼？」

我沒有說話。

「你懷疑到我的安排了？」他咧開嘴笑了起來，「米切爾穿著防彈背心，你開槍後，他會佯裝倒地死去，然後我會從藏身之處出來，命令你扔掉手槍，否則就會腦袋開花。」

果然，是一個陷阱！

馬丁警長繼續說道：「這件事是從莫洛開始的 —— 也許我應該稱他為皮羅。一個月前的某個晚上，我和皮羅、米切爾三人在一起喝酒，皮羅那次喝多了，說出了他僱你殺他的事。到現在他認為你可能仍在追殺他。」馬丁警長笑了一下，「於是米切爾靈機一動。你知道他正在競選地方檢察官，需要拉選票。他認為如果他肯冒著生命危險破獲黑社會組織的話，可以博得選民的信任。所以他想出了這個小計謀。」

然後，馬丁警長從制服的口袋中取出一根雪茄：「正如我所說，在我等你來儲蓄所的時候，我就想你也許會懷疑，然後放棄了。可是，到底是什麼引起了你的疑心呢？是不是你先住進來，打聽到了什麼？所以你仍然留在這裡，看看是不是一個陷阱？」

他點燃了雪茄，「我拿起電話，找到旅館帳房希爾，問他有沒有什麼人在他這裡住宿。他提起了你，說你還沒有結帳。所以我從後門離開儲蓄所，到這裡來看看。」說著，他指了指從高爾夫球袋取出來的東西，「如果你戴上那些東西，就和米切爾對我描述的一樣了。」

我嘆了一口氣，難道我要背著凶手的罪名入獄嗎？不，我有可能入獄，但罪名絕不是殺人。這沒什麼，理由很簡單：我的協會和我都是假的，我們從來都沒有殺過一個人，不論何處，不論何時，都沒有。

我們的確是拿了別人的錢，但是拿完錢，我們總是沒做事就離開，消失得無影無蹤。但我們不會忘記給受害者寄一封匿名信，告訴他有人急於看他死去，並且說出名字。這樣至少能讓受害者提高警惕。

同時，我們也會寄一封信給警方，裡面是同樣的消息。這不一定足以讓警方逮捕我的顧客，因為他們還缺乏可靠證據。但我相信，只要警方查問我的顧客，至少會阻止他們進行下一步殺人計劃。

總之，我們不是殺人的，而是救人的，同時用這個來賺點錢。

我們從沒有聽到有顧客向我們抱怨。因為僱人殺人的顧客，不可能以我們沒有履行合約而報警。事實上，在遇到像皮羅這種自殺的情況時，我一般在幾天之後再去找他們，然後發現他們已經改變了主意。由此，我會「允許」他們活下去，這一點曾令很多人感激不盡，所以也就沒人會要求收回預付款。

我來這裡，自然也不是要槍殺米切爾，取走那五千元。我到這裡來，是因為我懷疑皮羅可能就在這裡，我準備找到他，然後告訴他，我早已放棄實現他曾經的打算。

馬丁警長緩緩地從嘴裡吐出煙霧，說：「在等待你的時候，我認真考慮過這一切。」然後他打量了我有差不多半分鐘，「沒人知道我到這來，米切爾也不知道。」

我皺起眉頭，不知道他說這話的意思是為了什麼。

又是半分鐘過去，他似乎下了最後的決心，說道：「我那個該死的太太，我無法忍受和她在一起，但她又不願和我離婚。」他向我探過身來，「我銀行的四千元存款，願意付給任何人，只要他能夠替我解決我的難題。」

我盯著他，鬆了口氣。

我又有一位客人了。

丈夫的詭計

我推開門，迎面看到塞爾瑪 —— 她正在等我。

她還是那麼美，整間辦公室都因她耀眼的頭髮而增輝，而雍容華貴的氣質，令她更添了一分神祕的魅力。她周身散發的迷人光芒，照得在外面辦公的三位女郎顏色盡失。

我好不容易抑制住心跳，但腦海中那些塵封多年重又喚醒的往事，卻怎麼也揮之不去。五年前，塞爾瑪和我曾在一起，我們都是影劇專欄作家筆下的寵兒。可是後來，隨著我們的分手，她離開了這座城市。在別的地方，她成為了配音行業的佼佼者。

然而，她的神祕終於在她開口時消散。「諾曼。」她叫著我的名字，把我從往事中喚醒，意識到：現在已經不是過去了。

我笑了笑，努力讓自己的表情自然些：「這是一次私人拜訪，還是到我們律師事務所的公差？」

「兼而有之吧。」她側過頭，打量著我說，「在我認識的人中，你仍然是唯一一個看起來像律師的人。」

我不想糾纏在這看起來有些多餘的話題上，便說：「如果妳是為業務而來，那麼我的合作人也應該在場。」

她卻不慌不忙地說：「可以 —— 我不反對。」

於是我們走到菲爾的辦公室前，我打開門，菲爾正在收聽廣播，一見到我們便馬上站了起來。菲爾在擠滿了皺紋的臉上又堆上一層微笑，說：「今天是個不錯的日子，塞爾瑪小姐，有什麼要我們為您效勞？」

塞爾瑪指著收音機說：「也許你已經聽說了，昨晚有一個女人被半夜闖進屋子的人殺害了。」

菲爾點點頭，示意他已經聽說了這件事。

而塞爾瑪又轉向我，眼睛裡突然含滿淚水：「那個被殺的女人就是我的姐姐布蘭恩，她在五年前嫁給了大衛。」

「太可惜了……」我真心地為布蘭恩遺憾，她確實是個好女孩。

「報導裡說殺她的人是個小偷，可是，他們錯了——」她痛楚地說，「那是大衛幹的，雖然我不知道他的手法，但那就是他幹的，不會錯。」

「這件事你有沒有和警方說過？」

「說了，可是他們不聽，他們認為大衛不可能殺她。」

「大衛為什麼要殺布蘭恩？難道他和他妻子相處不好嗎」？我問道。

「布蘭恩曾經給我寫信說她要離婚，詳情我沒有細問，但是大衛對她很不好，還說要在離婚前把她殺掉。」

菲爾說：「究竟是怎麼回事，你能講清楚一點嗎？」

「他們的家在郊區。昨天大衛乘十一點半的火車從城裡回家，進屋時發現布蘭恩已經睡著了，就到隔壁找鄰居聊天。他們坐在院子裡時，突然聽到旁邊傳來一陣女人的尖叫，緊接著就是槍聲。大衛跑回家時，發現布蘭恩已經死了，後門還敞開著。當時街上有一個牽狗散步的人可以作證，他也聽到了尖叫聲和槍響，並且親眼看見大衛跑進屋子裡。」

我和菲爾對視了一眼，聳聳肩。

菲爾說：「那看起來，好像並不是你姐夫幹的，警方應該也這麼認為。」

「大衛這個人很聰明，」塞爾瑪說，「布蘭恩的信裡就說起過他很狡猾，詭計多端。」

「那……畢竟是警方負責的案子，我們沒有理由干涉，塞爾瑪小姐，或許私人偵探可以……」

「如果你是私人偵探，你會接這個案子嗎？」

「如果我接受這個案子，老實說主要是因為對你有興趣。」

「這正是我來這裡的原因，在我認識的人中，只有你們兩位能夠幫助我，因為你們一定會相信我。」

對此，我們沒什麼話好說，只能答應她會查一查，然後把發現的結果告訴她。

她離開後，菲爾讓我去和負責這個案子的警官談一談。

沿著快車道，我驅車向郊區駛去，心中卻想著塞爾瑪……

我花了很長時間才逐漸把清晨一覺醒來就想到她的習慣改掉。不知道曾有多少個夜晚，在我借酒澆愁的時候，只有菲爾陪在身邊「安慰」我 —— 好吧，他的安慰實際上就是把我嚴厲地訓斥一頓。他年紀大了，不想再給這家苟延殘喘的事務所股東當家，所以才會這樣激勵我。可是他的話讓我難受了好多天。

此後的日子裡，我麻木地生活著，只感受到無邊的寂寞。於是我把注意力轉到了別的事情上，還賺錢買了一輛高級轎車。但是連菲爾也不知道，我曾在許多失眠之夜，駕車去城郊荒無人跡的高速公路上狂奔，彷彿是在尋找自我毀滅的途徑。

在警察局，我遇到了一位叫麥爾肯的警官願意幫助我。他靠在椅背上，表情嚴肅地說：「我理解塞爾瑪小姐的感受，不過她到處這樣說會很危險，小心人家告她誹謗。」

「我知道，但最好還是徹底調查一下，也好使她信服。」

「她應該信服。」他說。

我有些生氣，因為這件案子並沒有了結。

他把塞爾瑪說過的事又詳細地告訴了我一遍，說當尖叫聲和槍聲響起的時候，大衛和鄰居在一起。

「死亡的時間沒有疑問嗎？」

「沒有。驗屍人員判斷，死亡時間在十一點半和十二點之間。點三八口徑手槍，距離三英呎處射中心臟，受害人立即斃命。那把槍扔在了床腳，是大衛的，上面也只有大衛的指紋，有點污漬。」

我說：「這有可能是小偷找到槍，被大衛太太發現，他就隨手拿它開了一槍。」

他點點頭說道：「當大衛從前門進來的時候，他就從後門逃跑了。」

「可他逃跑時為什麼不帶上槍？」

「也許是驚慌。」

「你查過大衛昨晚的行動沒有？」

「每分鐘都查了，甚至還見了他所乘坐的那班火車的列車長。不可否認，當凶案發生的時候，大衛確實正在外面。」

我說：「現在只剩下一件事可做，就是去看看那間房子 —— 大衛不會反對吧？」

「我陪你去，諒他也不會反對。」

但顯然，大衛對我們的造訪十分不高興，卻又想不出阻止我們進去的理由。

他高高的個子，穿著一件翻領襯衫和一條顏色鮮明的運動褲。作為電臺播音員的他，說起話來別有一種深沉而甜膩的聲音，聽起來很不自然。

在我眼中，他對於妻子的剛剛去世，似乎並不感到悲傷。

他們的房子就在一排相同樣式的平房的最後，遠離街道。一間用做起居室兼書房的房間朝向院子，靠牆有一臺精緻的立體音響，臥室則在房子的另一邊。

麥爾肯警官告訴我，屍體是在雙人床上發現的，左輪手槍一向放在床頭櫃裡，事發後被扔在地上。

我看到走廊處有明顯的痕跡，可以猜測，闖入者跑出臥室就從後門逃之夭夭，而從前門進來的大衛，必須先要穿前門才能進入走廊。我推開後門走出去，發現五十公尺外有一道天然的樹牆。

「你們搜尋過這附近嗎？」我問麥爾肯警官。

「當然，這怎麼能逃過我們的搜查呢？尤其是這一帶，哪怕一個陌生人剛一出現，我們也會立刻發現他。」

「這麼說，那個撬門闖進去的人肯定不是陌生人了。」

「目前我們也正在這一點上著手。」

「為什麼小偷會選中這一家？大衛家裡有什麼值錢的東西嗎？」

「好像沒有。還有一件怪事，大衛說他家裡沒丟什麼東西。」

我檢查了一下門，看來不像是有人撬門進去。

麥爾肯指著紗門上一個三角破裂處，說：「裡面的門是開著的，他劃開紗門，伸手進去打開門鎖。」

「所以這是蓄意謀殺大衛太太嗎？」

「我們也是這麼推測的。」

「門上有沒有發現其他指紋？」

「哪都沒有，我想他一定戴著手套。」

「看來是個職業殺手嘍？」

警官還對我講，在大衛聽見槍聲和叫聲而向屋裡跑的時候，他鄰居的一對夫婦打電話報了警，然後也跟著進了他家。三分鐘後，一輛警車就開來了，十分鐘內，警察就搜尋了這一帶。

我和麥爾肯警官交談的過程中，大衛開始好奇地看著我，後來就不理我們了。但我知道布蘭恩一定會在他面前提到我。

我注意到，大衛看我時臉上的嘲弄神色，這讓我深深地感覺到，塞爾瑪說的沒錯。

然後我們回到警察局，麥爾肯問我：「你滿意了嗎？」

我沉思了一會兒，問他：「你一直認為是闖入的陌生人幹的？」

他回答道：「也很可能是大衛僱來的，如果是這樣，那麼塞爾瑪小姐的推測就正確了。」

我說：「感謝你的合作，我答應你不會再讓塞爾瑪打擾你們。不過如果有什麼發現的話，你願意通知我嗎？」

「當然，當然！」

我回到辦公室，菲爾正在聽收音機。看我進來，他問：「有什麼新消息？」

我把整個上午的情形告訴他，他聽完後說：「但是你沒有證據證明你的預感。」

「不錯。」

「那我們應該怎麼對塞爾瑪小姐說？」他問。

「先讓她冷靜下來。我覺得那個麥爾肯是個能幹的警官，他要是發現了什麼線索的話，會及時通知我們。—— 現在，我們先吃午飯吧。」

現在我有把握說，塞爾瑪對大衛的看法是正確的。但最大的問題是，我們怎麼來證明它，相信總會有什麼地方有破綻的。

我一邊吃著三明治，一邊聽著音樂。忽然間我靈機一動，丟下手裡還沒吃完的三明治，兩三口喝完咖啡，便急忙趕到一個非常聰明的朋友那裡。

他仔細聽完我的敘述，點點頭說：「這個不難。」

然後他讓我等了整整一下午，因為這件事說起來容易，可是做起來就……假如要盡可能完美的話，那便絲毫不能出差錯。

等我回到菲爾的辦公室時，我的口袋裡塞著一個小包裹。

菲爾正閉目養神，我對他說：「我有了答案，一定能夠找到證據。」

菲爾問：「作為一個律師，你不會做什麼違法的事吧？」

「但作為塞爾瑪的朋友，我會那麼做的。」我說。

他有些憤怒地說：「你不能因為對一個女人的感情，而取代你應有的公正立場——你不能胡作非為。」

「但這是唯一的辦法了。」

菲爾仍舊有些不情願。

「你知道，」我和顏悅色地說，「大衛很聰明，他知道如果證據不存在，他就不會被判有罪，你難道忍心看著他逍遙法外嗎？」

「我寧可他逍遙法外，也不願讓你以身試法。」

「可我只需要你幫我一個小忙，你願意嗎？」

「只要不是你的不法行為。」

「不會，我請你做的只是在今晚天黑後，讓麥爾肯警長把大衛請出屋子，半小時就夠了。」

「我試試吧。」

我很感激菲爾，我知道他會讓步的。

傍晚，我來到大衛住宅。我穿著一身黑色服裝，腳下是一雙膠底鞋，口袋裝著副手套，另一個袋子裡則是一套撬鎖的工具，而第三個口袋，就是下午的那個包裹。

我靠在大衛家後面那道樹牆其中的一棵樹後，等待著麥爾肯警長把大衛請出去。但願他能快點，否則，我要是被抓住，菲爾就得花好大工夫才能為我辯白清楚。何況這裡剛發生過命案，以我這身打扮和裝備，想必是很難說清楚。

天黑後，終於看到大衛驅車離開了。我迅速跑到後門，戴上手套，從破裂的紗門伸手進去打開門閂，再用工具撬開門。只不過我的兩隻手長期缺乏練習，摸索了好一陣子才把門打開。

我在臥室搜尋著。

果然沒有猜錯，在一件外套的口袋裡，我找到一根金屬筒。現在我更加確信我推測的正確性，並且，我還知道了大衛是如何殺害了他的妻子，以及如何避開嫌疑。我把那支金屬筒放回原來的地方。

現在只有一件事要做，然後就要看麥爾肯警官的了。

我雙手翻弄著包裹……亂栽證據，不僅犯法行為，還會斷送我的前程。更重要的是，如果我被發現，大衛在法官找不到措辭之前就獲得自由了。

我想不通自己為什麼要這麼做，是想看大衛被捕？還是為了塞爾瑪？

假如塞爾瑪沒有牽涉進來，我會像現在這樣，在這悶熱發霉的屋子裡，滿頭大汗地像個竊賊似的偷偷溜進來，並且放置證據用來對付一個素昧平生的人嗎？

我不情願地把包裹放回口袋裡，我真想按計畫把它放置在那，但我不能 —— 我不能違背菲爾對我的教導。

我開車駛向麥爾肯警官的辦公室。這時大衛已經走了。

我裝出一副不知情的樣子問道：「我看見大衛剛剛出去，他來這裡有什麼貴幹嘛？」

「有檔案要讓他簽字。」他隻字不提菲爾打過電話的事，反而等我自招。

我說：「大衛的槍還在你這裡嗎？」

他點點頭。

「我認為應該檢查一下槍管是否套過消音器。」

他拿起電話問化驗室，然後說：「槍管的確有一些新的劃痕，可能套過消音器吧 —— 但是，一個普通人家需要消音器這種東西嗎？」

「問得好！可還有一個問題，為什麼消音器會被取下來？那個消音器現在在哪裡？」其實我知道，它此刻就在大衛的外套口袋裡。

麥爾肯飛快地看了我一眼，說：「我明白你的意思，我們走吧。」

當麥爾肯警官對大衛亮出搜查證的時候，他顯得很煩躁。

「請便，」他說，「我不明白你們需要找什麼，難道你認為殺我妻子的人被我藏了起來？」

麥爾肯警官說：「不，我們要尋找你槍上的消音器，大衛先生，你想不想與我們合作？」

大衛的臉唰的一下子就白了。

於是麥爾肯警官的兩個手下走進臥室，不用很久便找到了那玩意，他們把那它放在一個塑膠袋裡交給了麥爾肯警官。

「大衛先生，像你這樣的人不應該有這種東西，是不是？」麥爾肯警官表情和藹地說。

而趁他們都站在走廊的時候，我悄悄溜進起居室，從口袋裡掏出包裹，取出一盒錄音帶，迅速裝在大衛的錄音機上，並打開開關，然後悄然等候。

這件事只有現在才能做，不然再也沒有機會了。

他們走進起居室，大衛還在辯解說他對消音器的事毫不知情。

麥爾肯警官看了看錄音機，目光銳利地瞥了我一眼，我向他搖了搖頭。

大衛還在滔滔不絕，忽然間聽到錄音機裡爆發出一陣女人的尖叫和一聲槍響。他錯愕地轉過身，慌忙向錄音機走去，但被麥爾肯攔住了。

「那錄音帶不是我的。」大衛說。

而我，幾乎能想像出他的腦筋正在打轉的情形，顯然他在回想他把用過的那盒錄音帶放在了何處，然後懷疑這一盒的來歷。

「這難道是巧合嗎？」麥爾肯裝糊塗地說。

「消音器和錄音帶都在你家裡。」

「這是栽贓！」大衛喊道。

「槍管上的消音器劃痕也是栽贓嗎？」麥爾肯警官問道，「事情一定是這樣的：你昨天晚上用加了消音器的手槍殺害了你的妻子，然後卸下消音器，把槍丟在地板上，劃破紗門，把錄著尖叫聲和槍聲的錄音帶放在錄音機上，而後從容走到隔壁去等待。當尖叫聲和槍聲響起來的時候，沒人以為那些聲音是來自錄音機，尤其是你這臺音響又是那麼的精緻。你自己就是播音員，具備錄音機常識，做這種事自然是內行。然後你衝進來，關掉錄音，假裝剛剛發現你太太遇害的樣子。」

「這是你們帶來的錄音帶，我可以控告你！」

大衛十分慌亂，手指頭緊張得不停顫抖著。我冷靜地說：「我不懂，你怎麼那麼能肯定說這不是你的那盒錄音帶呢？」

「因為我清清楚楚記得我把帶子洗了！」他大聲說道，想要說服自己，更想說服我們。

然而大家都沉默了。

大衛恍然，嘴裡喃喃道：「哦，上帝……」然後頹然倒在椅子上。

「他是你的了。」我對麥爾肯警官說完，便走出了大衛的家門，打電話告訴塞爾瑪，大衛已被逮捕。

她溫柔的聲音說道：「諾曼，我不知道該怎樣感謝你。」

「我沒做什麼，」我說，「都是麥爾肯警官的功勞，我只是暗示了他幾點可疑之處。」我想，越少人知道錄音帶的事越好。

她說：「過兩天我就走了，離開前我想再見你一面。」

我沒吭聲。

她只好自己接著說：「我不想再當配音演員了。」

我對她說了一句話，然後便掛上了電話。

從這裡到她的旅店只有兩條街，我會很快走到她所在的地方。

五千元

「雷馬克先生，你好！一切都好嗎？」來電話的是銀行總行督察室主任尼爾森，他在電話那頭輕鬆地問道。

「哦，很好，主任，我這裡一切都很好。」雷馬克為了使自己的聲音保持平靜，費力地嚥了口唾沫說。

「既然是這樣，我很高興。」尼爾森說。「我也知道用電話通知你有點不合規矩，可是，由於我們的工作比預計的慢了些，為了加快速度，我才不得不用電話聯繫，請你別介意。督察室的人明後天就到你那裡去，希望你能給他們提供方便，好嗎？如果你那裡把帳準備好了，他們的工作進度就能快不少，當天就能查完，你看這樣可以嗎？」

「可以，當然可以。」說這話時，雷馬克的心怦怦直跳。

「那我們就這麼說定了？」

「可以。」

「那好，我很感謝你，再見！」

「再見，謝謝主任的電話！」放下電話，雷馬克嘟囔了一句：「我才不感謝呢！」

事實上，雷馬克的確沒有什麼好感謝的，因為這時他的銀行少了五千元錢，如果督查人員追查起責任來，他這位經理是脫不掉關係的。

所以，那天下午雷馬克接過這個電話後，一下子滿頭冒汗，儘管他辦公室裡的空調此刻正開著。

要說這件事其實並不複雜，大致情況是這樣的：雷馬克額外做了點兒生意，由於運氣不好，出現了一些損失，他最初只是從自己負責的銀行「借」了幾百元來彌補。人們都知道，往往一些生意上的損失一旦有了開始，彌補起來就很困難，結果雷馬克的洞也是越補越大。他最近正為這件事焦慮著，可偏偏「屋漏又逢連雨天」，明後天督察室的查帳人員又要來了，這可讓他怎麼應對？

雷馬克愁眉苦臉地靠在扶手椅上，額頭兩側的太陽穴也怦怦直跳，以至於祕書小姐進來送信件時，他連頭也沒有抬。「經理，你怎麼了？是身體不舒服嗎？」祕書小姐本來是個性格開朗的人，無論見到誰都是一臉燦爛的笑容，然而她一看到經理的這種神情，臉上的笑容馬上就消失了。

「哦，我是有點不舒服，不過沒關係。」他有氣無力地說。接著，他伸手從抽屜裡摸出一包薄荷片，取出一片含在嘴裡。

祕書小姐見他沒有什麼大礙，就轉身離開了。「不行，我一定得想個辦法，否則我在銀行界打滾這麼多年，前途可就完了，更別說還可能背上犯法的罪名……」他一邊焦慮而痛苦地思索著，一邊又將第二片、第三片薄荷片扔進嘴裡。這時，一位名叫哈維的年輕出納員走進了他的辦公室。哈維這個小夥子的特點是做事仔細，非常拘泥於形式，儘管調來的時間不長，但他一心想往上爬的心思雷馬克還是看得很清楚。

「經理，你現在有空嗎？我……」哈維輕輕地說。

「哦，有空，什麼事？」雷馬克應了一聲。他知道，自己作為銀行經理，在上班時間處理任何相關的事務是他的職責所在，儘管哈維要說的事情恐怕他連思考的餘地都沒有了。

「經理，是這樣的，或許我是多此一舉，不過，我認為還是應該向你報告才對。」哈維一臉認真地說道。

「是的，你說吧。」雷馬克朝著他點點頭。

「你還記得那位珍妮小姐吧？我要說的是她的事，經理。」哈維說。

「哦？」

「她剛剛到銀行來了，說是要提五千元，她的戶頭上現在還有七千元。」

雷馬克當然知道這位珍妮小姐了。這是一位老小姐，曾經做過小學教師，不過現在已經退休了，據說她目前仍在一家圖書館做兼職，個人收入不算太高。

「她取錢有什麼問題嗎？是不是要開支票？」雷馬克問。

「不，她要取現金。」哈維搖搖頭說。「經理，我想你是不是該和她談談。」

「談談？」雷馬克有些不解其意，接著問道：「怎麼，她顯得心情煩亂或者是很激動？」

「沒，沒有。」

雷馬克的腦子快速思索著：珍妮小姐取不取錢是她自己的行為，按說與銀行無關，不過她為什麼要一下子取這麼多錢呢，而且還是現金？他覺得這件事似乎有點可疑，或許是珍妮小姐想投資……？

「哈維，你做得很對，看來我是該找她談談，幫她把把關。」儘管雷馬克自己還陷於困境難以自拔，但他出於一種責任，還是作出了決定。

「你請珍妮小姐進來一下。」他對哈維說。

珍妮小姐很快就進來了，她坐在雷馬克對面的椅子上。她大約有六十歲，身材微胖，戴著一副眼鏡，厚厚的鏡片後面是一雙淡藍色的眼睛，她在以一種詢問的目光看著雷馬克。

「請問，叫我來是關於錢的事嗎，雷馬克先生？」

「是的，珍妮小姐，我聽說妳將一生的積蓄都存在這裡了，我們……銀行對每一位客戶都很關心。」

「啊，謝謝！我的錢存在這裡，是為了提點利息，其實我也沒有急用的地方，因為我的退休金和社會福利金就足夠我生活了，謝謝你的關心。」珍妮小姐認真地說。

珍妮小姐的話當然是對的。「哦，我……我是擔心妳是不是……呃……受什麼人的要挾？」雷馬克只好換了個角度說。

「真的沒有！」她眨眨眼睛對他說。「我很感謝你的關心。實話說，我這次取錢是為了我的姪子比爾，因為他準備投資一項正在祕密進行的新能源計畫，一定要用現金才行。」

「比爾？」聞聽此話，雷馬克愣住了，原來她的姪子就是比爾。提起比爾，雷馬克也久聞大名，他雖然不住在這裡，但鎮上的人都知道，那是一個經常與警察發生衝突的年輕人。

看到雷馬克的神情，珍妮小姐明白了，她說：「我知道你在想什麼，不過我要告訴你的是，現在的比爾已經改好了，他向我作過保證。」

「哦，對不起，請妳原諒，怎麼說呢，這真是讓人難以置信。」由於比爾的出現，反而讓雷馬克猶豫起來了。

「可事實就是這樣，我相信我的姪子。」珍妮小姐依然堅持說。

看來，雷馬克需要改變策略了，他要深入了解一下這個所謂的新能源計畫。

「你剛才說的那個新能源計畫究竟是什麼呢？」他問道。

「大概是和發展太陽的核能有關吧，具體的我也說不清楚，反正比爾對這件事很投入。」

「珍妮小姐，我作為銀行經理，想告誡你的是，你一定要謹慎，否則就可能鑄成大錯。」雷馬克斟酌再三之後，終於說出了這樣一句話，算做是忠告吧。

珍妮小姐輕輕地點了點頭：「你說得很對，我會小心謹慎的，那麼，我現在可以取錢了嗎？」

「當然。不過，妳一個女人攜帶那麼多現金是很危險的，妳大概也聽說了，最近我們這裡就發生了好幾起搶劫案。」

「沒關係，我先放在家裡，比爾晚上下班後就會從城裡開車來拿的。」說著，她站起身來。

既然話已經說到這個份上，就沒有再爭論的必要了，於是，雷馬克陪同珍妮小姐到哈維的櫃檯上取了錢。

他返回辦公室後，心裡還在想著這件事，總覺得很不可靠，「那可是整整五千元呀，就這麼輕易地打了水漂？這位老小姐怎麼就那麼固執呢？五千元呀……」

突然，他用手猛勁地拍打著自己的腦袋，「別慌，再等等，對了，她是單身一人住在鎮郊一棟白色的平房裡，嗨，我怎麼就沒有想到這一點呢？」頓時他有了主意。

雷馬克很清楚，鎮郊那棟白色平房的四周很安靜，建築和居住的人也不多，如果是天黑以後去到那裡，一般不會被人看見。下班後，他駕車來到一棵楓樹旁停下，這裡與那棟白色的平房只隔看一條街。

「我敢斷定，天黑前比爾是不會出現的，因為珍妮小姐說過，他『今晚』從城裡開車來，而不是說『黃昏』。對了，她還說他是『下班』後，那就說明比爾有工作，因此他不可能隨便離開，也自然不會提前從城裡趕來。」雷馬克對自己的邏輯推理能力還是很滿意的。

雷馬克低頭看看手錶，時間還早。不過，他長時間坐在車裡，感覺很不舒服，因此不停地扭來扭去。其實，這時他的內心也在進行著激烈搏鬥：「我怎麼能這樣，有生以來我還沒有做過這種傷天害理的事！不行，我不能坐失良機，否則我的前途就毀了，這麼巧的事很難遇到，比爾要的錢跟我「借」的數目相同，這可是救我命的錢哪！這件事不會對珍妮小姐造成什麼傷害，她自己不是說過不靠這筆錢生活嗎？幹……？！不幹……？！」

天邊的夕陽已經漸漸地沉入地平線，雷馬克摸著大腿上的襪子，心裡揣摩著：快了，猜想再過半小時，天就完全黑了……快了。他焦急地等待著，只聽到自己的心臟撲通、撲通地跳著。突然，一輛乳黃色的小轎車進入他的視線，「是比爾來了？」然而還沒等他多想，就見那輛小轎車向左一拐，駛進了一條小路，「該死！」他小聲咒罵著。

「不錯，就是他！」雷馬克遠遠地看見一個身材高大的男人從小轎車裡出來，只見他長髮披肩，拎著手提箱，大步地向珍妮小姐的屋子走去。

「果然來了。比爾最好是和他姑媽多說一會兒話，哪怕是半小時，這樣就更加保險了。如果比爾拿到他姑媽的錢就走，現在的天還沒有完全黑我就下手，那太冒險了，即便我用襪子套著頭，也有可能驚動附近的鄰居，如果被他們看見可就麻煩了……」雷馬克在內心緊張地盤算著。

然而令他失望的是，比爾在珍妮小姐家待了不到十五分鐘就出來了，只見他拎著箱子，滿臉笑容地走到車前，仔細將箱子放好後，就開車走了。望著比爾汽車的背影，雷馬克的心一下子涼了半截，他也只好發火車子，遠遠地跟在比爾的車後。他打算一直跟到郊外，趁那裡地處偏僻，先把比爾逼到路邊，然後再下手；或者是乾脆追上去，一不做二不休……「真是荒唐！我為什麼要這樣幻想呢？本來這個計畫就是不現實的。」他不知為什麼自己先否定了。

就在雷馬克不知究竟是該跟還是放棄的時候，一個令他意想不到的奇蹟出現了，他看見比爾的車突然拐進一家小酒吧的停車場，顯然他是想喝點酒再走。雷馬克興奮極了，心想：真是天助我也！他將車也開進了停車場，並設想著具體步驟：比爾在這裡會耽擱很長時間，他會下車，拎著手提箱，走進小酒吧，然後再拎著箱子，走出來，上車……那時我就……想著想著，雷馬克不禁得意地笑了。

果然如他所料，三十分鐘後，比爾從酒吧出來了，這時天已經很黑了，就在他摸出車鑰匙開門時，冷不防一個黑影竄了上來，照著他的左太陽穴就是一棒子，他頓時昏倒在地，裝錢的手提箱也被搶走了，那個黑影迅速消失在夜色中。

第二天早上，雷馬克的胃口特別好，他吃飽喝足後，就穿上西服，紮上領帶，還高興地哼著歌，然後就精神抖擻地出了門。和往常相比，他今天是提前了半個小時去上班，因為到了銀行後，把錢放回金庫只需要幾分鐘的時間。

然而天不遂人願，當雷馬克來到銀行門口時，看到一位不速之客正在等候他，這個人就是加德警長。

「雷馬克先生，你好！我知道自己今天來早了，但我覺得最好還是在你開始忙碌之前見到你。」加德警長微笑著抱歉說。

「怎麼會是他？」雷馬克感到一陣緊張，但他很快又鎮定下來，心裡想：「看他說話的態度和滿臉的笑容，猜想不是為了那件事。再說了，平時我看這人也不是很精明的。」想到這裡，他的心稍微平緩了一些，勉強帶著笑容說：「哦，原來是警長先生呀，快進，快進！」說著就把加德警長領進了自己的辦公室，讓過座之後，他順手就把手提箱放在了檔案櫃上。

「警長先生，你今天來找我有什麼事嗎？」雷馬克坐在辦公桌後面的椅子上問道。

「哦，我今天來是關於比爾的事，他是珍妮小姐的姪子，你一定知道。」加德警長蹺著二郎腿說。

「比爾？啊，我知道這個人，這麼說他又回到鎮上來了？」雷馬克不禁皺起眉頭。

「比爾昨天晚上到警署報了警，說他在酒吧停車場被人打昏，手提箱連同裡面的五千元錢都被搶走了。」加德警長簡要地說著案情。

「五千元？這麼大的數目！」雷馬克的眉頭皺得更緊了。

「是的，這筆錢的確不少。我再三詢問時，比爾發誓說是他姑媽珍妮小姐給的，說是要做一個什麼特別的生意，必須要現金。隨後我也找到了珍妮小姐，她證實比爾說的是真話。」加德警長稍微停頓了一會兒，接著說：「雷馬克先生，你說說，現在的有些年輕人怎麼這樣，一遇到困難就想法去騙人，有的還用什麼苦肉計。我猜想比爾也是這樣，也許他想做點什麼，可手頭又沒錢，所以覺得姑媽應該幫助他。我今天來就是想和你了解一下，最近珍妮小姐是不是在你們銀行取了一大筆錢，或者是借了一大筆錢？」

「哦，原來是了解珍妮小姐取錢的事。」雷馬克頓時感到輕鬆起來。「對，她是取了，五千元整，是昨天下午取的。」他告訴警長。

「你當時勸沒勸她不要取這麼多？」警長繼續問道。

雷馬克將雙手一攤，一臉無奈地說：「怎麼沒勸，當時我一聽她要取那麼多現金，就勸她，還是把她請到辦公室裡談的，可是她一定要取，我有什麼辦法？」。

「那麼說這件事可能是真的。」警長對雷馬克的解釋表示理解。沉思了一會，他又說：「最近，類似她姪子被搶的事在這裡發生過好幾起，看來真得仔細查查。」

「是的，我也聽說過有好幾起。」雷馬克補充說。

加德警長面色凝重，用手指托著下巴，重新蹺起二郎腿，顯然沒有馬上離開的意思。

這時，雷馬克偷偷瞥了一眼檔案櫃上的手提箱，他暗暗地嘆了一口氣，「這位警長大人怎麼還不走哇！再過一會兒就到銀行上班時間了，那錢還留在我的辦公室裡可不行。」雷馬克非常焦急，以至於額頭上滲出了細細的汗水。

辦公室外面已經有了人員來回走動的響聲，這表明一天的工作開始了。

「不行，眼前最重要的是趕緊把錢弄到辦公室外，想法盡快送回金庫，怎麼辦？」這時，一個冒險而大膽的主意湧上雷馬克的心頭。

「對不起，警長先生，銀行已經開始營業了，我有點急事要先處理一下。」說著，雷馬克站起身來，從檔案櫃上拿下手提箱，取出裡面的現金，然後走到辦公室門口，「經理，什麼事？」年輕的出納員哈維出現在門口。

「快去，把這些金庫裡的錢平均分到各個窗口，多給各位出納備一點兒現金，以防萬一。」

雷馬克乾脆俐落地說道。

「是！」哈維接過錢轉身離開了。

謝天謝地！那筆錢總算送出去了，雷馬克心裡清爽極了。這時，他用眼角的餘光掃了一下力德警長，只見他仍然在沉思，於是不輕不重地咳嗽了一聲，「警長先生，你怎麼啦？」

「哦？」加德警長先是一愣，然後站起身，搖搖頭說：「對不起，沒什麼，我只是覺得整個事情很奇怪，怎麼有點像……」這時，哈維又走進經理辦公室，他只得停住話頭。

哈維臉上的表情顯得十分古怪，手中仍拿著雷馬克剛才交給他的鈔票。

「什麼事，哈維？」雷馬克不禁皺起眉頭問道。

「經理，真奇怪，你看，這些鈔票正是昨天下午我親手交給珍妮小姐的呀。」聽到這句話，雷馬克的頭一下子就大了，還來不及反應，就聽見哈維繼續說道：「昨天下午，我，我以為珍妮小姐可能不會聽你的勸告，還是堅持要提現款，所以我，我就趁你和她在辦公室談話的時候，把鈔票上的號碼都抄下來了，因為她取的錢太多，為了安全起見，我就把它作為特殊情況特殊對待了。」說著，哈維走過去，把錢放在雷馬克的辦公桌上。末了，哈維還不忘向經理提示一下自己的長處，「經理，你是知道的，我做什麼事都盡量仔細而精確。」

「怎麼又節外生枝！」此時的雷馬克真是欲哭無淚，因為他心中太清楚這一切了。

從加德警長的表情看，可能他還沒有弄明白。不過，他突然眼睛一亮，「啊哈！」顯然他的理解力比雷馬克想像的要高許多。

「經理，總行督察室派的查帳員到了。」笑容滿面的祕書小姐把頭探進辦公室說。

「天哪！」

紅粉女賊

她是一個年輕漂亮的女人，身材姣好，一雙藍汪汪的大眼睛，充滿了純真，尤其是她那雙小手，不僅柔軟白皙，而且異常靈活敏捷。平時，她總是在左肩上背著一個皮包，喜歡到超市或者百貨公司去逛街。

從外表看，她絕對是一個文靜優雅的女人，但說出來你可能不信，其實她是一個在百貨公司順手牽羊的女賊。她的行竊手法老道，作案時，經常是用右手做障眼動作，左手下手偷竊，當她將看中的東西抓住後，就用靈活的左手小指頭撥開皮包搭扣，然後手指一彎，東西就丟進了皮包，然後再用手肘自然地一壓，將皮包搭扣扣上，手法快得就像變魔術一樣，絲毫不會引起人的注意。

據說，她對這套行竊手法進行了長時間的練習，最後竟然達到了可以像天鵝划水那樣的完美程度。她左肩的皮包是個道具，也是她藏匿贓物的地方，她可以熟練地讓它在左肩自如地滑上滑下，就像賦予了它靈性一樣。不遠處的「街上購物中心」是她光顧最多的地方，兩年來，她在那裡作案多次，但從未失過手。

話雖這樣說，但畢竟偷竊也會遇到許多危險。因為，百貨公司裡有一些店員的目光很敏銳，會不停地在來來往往的顧客中四處掃視，這讓那些本來就心虛的竊賊感到膽怯，不敢貿然行事。同時，百貨公司還僱了一些人幫助看護商品，這些人會像普通顧客那樣，在各個店中從容地瀏覽，他們佯裝成購買東西的顧客，其實眼光正在掃視那些可疑的人。這些人會在不同的時間、不同的地點出現，令竊賊們很頭疼。

此外，購物中心還有一批保全人員，他們統一穿著綠色制服，面無表情，就像用一個模子刻出來的那樣。他們很可能就會在購物中心的寬闊走道裡攔住你，或者是當你經過結帳的櫃檯，拎著提袋向外走時，他們發現你可疑的話，就會叫住你並搜查你的提袋，那你可就跑不掉了，因為不僅是提袋裡的東西，甚至有時這些提袋都是偷來的，不少行竊者就是栽在他們手裡。

不過她很精明，因為她透過多次觀察注意到，這些保全人員更喜歡在購物中心外執行任務，因為那樣贓物正在你身上，一抓一個準，你沒有任何狡辯的餘地。但是她對自己的能力很自信，也絲毫不懼怕那些保全人員。

她深諳自信和遇事鎮定的重要性，知道如果缺乏自信和鎮定，就會露出馬腳。儘管你的偷竊技巧嫻熟，但是如果發現自己被店員或保全人員注意了，或者是被他們叫住甚至要開包檢查時，你沉不住氣，心情慌亂，一下子出現了呼吸困難，或者是猶豫不決，或者是突然地斜瞟一眼，或者是面色焦急、緊張等變化時，肯定會露出馬腳，因為這時那些人的目光正在仔細地注視著你。總之，如果不自信、不鎮定，那麼會有一百種細微的表現讓你露餡的。

她還很清楚，當面對任何陌生人的時候，如果你表現得自信，就會傳遞給對方一種令人尊敬的氣息。如果是在商場裡，店員或是保全會在這種氣息的影響下，把你歸為好人的行列，即誠實購物的人，而不會把你和那些順手牽羊的人扯上關係。

她不僅對自己的能力充滿自信，而且還相信自己絕不會被抓住，正是這樣一種心理素質，的確讓她在兩年的行竊中，沒有出過事。不過，這一天是個例外。靠近中午時分，她又像往常一樣，左肩挎著皮包，來到「購物中心」。經過一番操作之後，她滿懷自信地離開結帳櫃檯，向外走去，心裡盤算著今天到手的這些東西怎麼個用法。還沒走幾步，她突然感到自己的右肩被人重重地拍了一下，她不禁停住腳，轉身平靜地問道：「什麼事？」那聲音絲毫也聽不出慌亂。

實際上，她是被一個保全員盯上了。「小姐，對不起，請妳打開提包，我必須要檢查一下！」那個身材健碩、面目英俊，即使穿著制服也很打眼的保全，口氣溫和但又不容置疑地說道。「什麼？我的皮包，為什麼？」她疑惑地問。「是的，我懷疑妳偷竊了商品！小姐。」「偷東西！天哪，你竟然把我看成是一個竊賊？」她喘著氣，那雙藍汪汪的眼睛也明顯地睜大了。

保全繼續盯著她說：「這是我的責任，對不起，請妳配合我！」

這時，她的臉上出現了一股憤怒的神情：「難道，難道你就是這樣履行責任嗎？」那是一種漂亮小姐的誠實遭到懷疑時所引起的憤怒。

保全也毫不示弱，只見他將帽子向上推了推，露出了黑色的捲髮，「好大的膽子！」說罷，一擺手，「小姐，請吧！」

她迅速地瞄了一下四周，發現自己已經沒有退路，因為這個保全很聰明，他從一開始就把自己困在了購物中心紅色磚牆的牆角裡，如果自己再不打開皮包的話，恐怕他就要採取強制行動了。

她定了定神，然後將目光直視著保全，用質詢的口吻說：「你說我偷了東西，那我都偷了什麼？如果你說不出來我就告你誣陷！」

「是嗎？妳的包裡有一個照相機和一個昂貴的打火機，或許還有些別的東西。當然，我也希望我的猜測不準確，那樣會對妳有好處。小姐，別讓我多費口舌了，還是自己乖乖地把包打開吧！……」保全依然不緊不慢地說。

她更加惱怒了，一下子把皮包從肩上拽下來，甩給保全：「拿去，看吧！」

就在保全正欲接過皮包時，只聽身後傳來了一陣布鞋的腳步聲，說時遲，那時快，一個瘦長的男人嗖地就把皮包奪了過去，然後飛快地跑開，待保全緩過神來追趕時，那個人早已帶著「證據」消失在牆的拐角了。「真該死！」保全員懊惱地大叫道。

「抓賊呀，快來人抓賊呀！」旁邊的女子也大叫起來。

保全員疑惑地打量著她：「這就怪了，妳喊叫什麼？那個人搶走了皮包，不是明明救了妳嗎？怎麼，妳還想讓別人抓住他，回來跟妳對質呀？」

「得了吧！我的皮包被人搶走的時候，我總是那樣大喊大叫的。」她趾高氣揚，裝腔作勢地說。

「現在也是？」

「當然了。」

她的眼神中明顯地流露出嘲笑的目光，儘管雙眼皓如明月，美麗的嘴唇也微微地翹起。保全員低頭想了一會兒，然後對她說：「小姐，很抱歉打擾妳，希望妳找回妳的包，真的！」

她臉上掛滿了微笑，一路哼著歌回到所住的公寓。推開門，只見桌子上堆著不少東西，有打火機、照相機，還有手錶和化妝品等等，那是哈利從皮包裡拿出來的，此刻他正反覆擺弄著那個照相機。

「嘿，哈利，你的速度真夠快，都能參加奧運了。」她興奮地說。「你怎麼把時間算得那麼準？那個保全還沒回過神來，你就跑沒影了，要不然我可就栽了。」

「嗯，我知道。」他淡淡地吐出幾個字。

「對了，哈利，你看我是不是該換一家購物中心了？」

那個瘦長的男人一邊往一個皮袋子裡裝照相機、打火機和手錶等東西，一邊說道：「是該換一家沒人認識妳的購物中心了。我今晚就把這些東西送到老闆那裡去。妳以後做這件事時要特別小心，我今天救了妳，必要時也會救第二次，但如果第三次我可能就不會出手了，明白嗎？」他警告著。

她第一次感到了沮喪。

「來，寶貝，我們一起輕鬆一下吧！」說著，他朝她瀟脫地晃了一下腦袋，並送上了一個足以令人心蕩神迷的微笑。

他們又重歸於好……

接下來，她又選中了城區另一邊的坎伯蘭購物中心為目標。為了熟悉這個新戰場，她足足花費了一個星期的時間，到各個店鋪觀察哪些人是監視者，並選擇了一些合適的出入口。

她看見這裡經常有四個保全人員在巡視，他們戴的帽子和身上的制服都是灰藍色的，剪裁得也不是很講究。這四個人看上去毫無二致，甚至連表情也都一樣，全都露著令人厭煩的神情，當然，這是對於他們這些竊賊而言。

她的手法實在太高明了！很快又讓這個購物中心櫃檯或貨架上的東西悄然無息地消失得無影無蹤。她每天做這些事都很順利，當然也樂此不疲，尤其是她的自信心重新又恢復了。那個瘦長的哈利也同樣，他每天將她竊來的物品進行整理，然後送到老闆那裡。總之，他們都很高興，像往常那樣平靜地生活著。

不過，有一天她的生活卻突然變得不順利起來。

原來，這天她照舊到商場順手牽羊拿了一些精美的首飾，裝在皮包裡，當她剛剛走出購物中心時，突然感到右肩被一隻手輕輕地拍了一下，「什麼事？」她轉過身問道。聲音依然鎮靜，毫無緊張之情。

「小姐，對不起，我必須要搜查一下妳的皮包。」

「為什麼？」

「因為妳剛才偷竊了商場的東西。」

「偷東西，你懷疑我偷了東西？哼，好大的膽子！」

「請吧，小姐。」

她那雙純真的藍眼睛睜得大大的，喘著粗氣。

那個保全身材魁梧，長相也不錯。「快一點，站到牆角去！」他就要取過她的皮包進行搜查。

「哦，那麼好吧！」她挪了挪身子，順手把皮包從左肩上拿下來。看來這一回她是在劫難逃了。

身後又傳來一陣布鞋的腳步聲，只見一個瘦長的人影猛地從她手中奪過了皮包 —— 那是哈利。就在他要奪路而逃的時候，那位高大的保全員迅即抓住了他的右腕，猛地一扭，左腳順勢一絆。他那堅硬的鞋尖碰到一隻軟軟的布鞋，哈利那瘦長的身體立即飛了起來，隨即又撲通一聲，臉朝下摔到了水泥地上。旁邊的女子由於保全員這一拉，也倒在保全員身上。當她被保全員扶起來時，看見他的帽子掉下來，露出黑色的捲髮，「原來是你！」她認出了他。

「不錯！」他接著說：「那天你從我手中溜走後，我就申請離開了那家商場，開始調查你下一個目標是哪些購物中心。」

「為什麼？既然我又被你抓住了，我認輸，不過我們可以作筆交易，如果你放了我，我會付你一大筆錢的。」

「不，你能給我的遠遠不如我所期望的多。」

「你說什麼？」

「我看好了一家珠寶店？但我需要一個有技巧又自信的女搭檔。」他緩緩地說道。

「哦！」

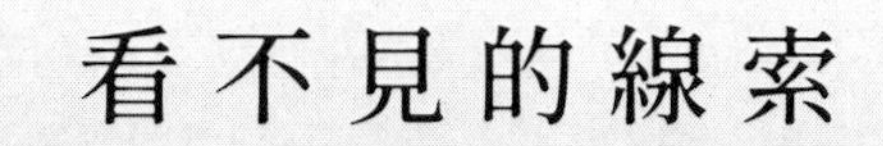
看不見的線索

我的好朋友考林·默洛克是個沉默寡言的人，他的這種性格有時甚至讓人感到有些無禮。不過，他最近卻一直很興奮，這主要是林納德一案讓他沾沾自喜。為什麼呢？因為我們這個地區前不久發生一起案件，引起了社會各界的廣泛關注，當然，這其中一半是由於案件當事人林納德是個公眾人物，而另一半則是由默洛克引發的。簡要地說，就是默洛克這位退伍上校，或者說退休的殖民地警察，以一個非偵探的身分，成功地抓住了破獲林納德一案的關鍵，儘管他與同案子有關連的兩個男人從未謀面。

默洛克這種高超的偵破手段，幾乎受到所有職業犯罪調查人員的欽佩，然而還有更讓人稱奇的，據說他是根據一條看不見的線索偵破的這個案子，正像默洛克自己所調侃的那樣：如果能被看見，那它就根本不是什麼線索了。

我知道這件事後，曾自以為很聰明地問過默洛克：「好朋友，請告訴我，是不是就像柯南·道爾的狗那樣，其重要性就在於不發出叫聲？」

「噢，不，一點也不像！」默洛克得意地笑著說。

阿里克斯·林納德曾是一名出色的戰鬥機飛行員，在第二次世界大戰的不列顛戰役中，他擔任空軍飛行大隊的中隊長，駕駛戰機在歷次空戰中立下了赫赫戰功，人們曾景仰地稱他為「大不列顛的雄鷹」。

二戰結束後，林納德移民到了美國，他的事業也從空中轉移到了地上。他在那裡有一個很大的種植園，不僅種地，還養殖牲畜，規模很大，過著富足的生活。但後來，林納德卻對美國的戰後新政策產生了濃厚的興趣，並逐步成為一個激進的反種族歧視者，因此，他在得到眾多黑人兄弟敬仰的同時，也遭到了許多白人的冷眼和嫉恨，就是這樣一個有影響的公眾人物，竟然有人企圖謀殺他。

我們再來說說默洛克。除了上面說的性格沉默寡言外，他還是個短小精悍、不苟言笑的人，比如，他上衣的衣領總是燙過的，皮鞋也是手工製作的，並且擦得油光鋥亮。不過，這些東西穿在他身上，似乎顯得不太協調，因此，每當我看見他時，就會想起加州的籐椅、緬甸的雪茄以及被熱帶叢林環繞的網球場，雖然我並不知道他內心的想法，但我覺得他刻意在自己周圍營造一種回歸純樸的氛圍，就像一直追尋默塞特．毛姆筆下描寫的生活那樣。默洛克可能會否認我的看法，但他的確就是這樣一個人：有時沉默得可以一整天不說一個字，有時又不厭其煩地嘮嘮叨叨；有時精神百倍、勁頭十足，有時又固執得像一個老古董。

我很喜歡默洛克身上的率直與樸實，也願意聽他講那些離奇古怪的故事。因為他是一個私人安全顧問，說白了就是一個保鏢，凡是從事這種職業的人，都會經歷很多驚險刺激的事，默洛克當然也是如此，有時他會對我說：「小夥子，你知道嗎，我就像是一個上了年紀的足球員？」這顯然是他對自己的謙虛評價。

有一天，我去默洛克那裡閒坐，在聊天中，他分明透著欣喜和自豪地說：「雖然我已經沒有足夠的體力去衝鋒陷陣了，但是我有經驗，我能準確地讀懂比賽，善於組織、調動起報警肌肉，然後迅速、準確地出擊。」

「報警肌肉？」我感到有些不解。

「當我或我的僱主有危險時，我的肩膀就疼得厲害，我叫它報警肌肉。」默洛克解釋說。

「在林納德一案中，你的報警肌肉發揮作用了嗎？」因為我聽人們議論最多的就是他和那條看不見的線索，出於好奇，我藉著這個話題，試著讓他對我說出那個案件的來龍去脈。

「當然。」

「那你講給我聽吧。」我央求著。

「小夥子，那件案子還沒有開庭審理，所以我不能用真名。」默洛克開場直白，並且還警告我說，「如果你在報紙上引用我的話而事先披露案件的內幕，我是不會承認的，但事實上那全是真的，我敢保證……」說著，他坐在一張椅子上，緩緩地講述著：

那時，我剛剛搬進位於聖保羅大教堂附近的辦公室裡，那裡的風景十分優美，綠樹成蔭，在上空飛翔的鴿子有一半是從那裡放飛的，還有宣告新一天開始的鐘聲也是在那裡敲響的。

在我沒搬進去之前，那個辦公室屬於一個流行音樂唱片公司，後來這個公司倒閉了，我就以很低廉的價格買到了那塊地方。從室內裝修看，展現著最拙劣、最瘋狂的迷幻派風格，裡面有很多扇門，每一扇門都被塗上了與其他門不同的顏色，顯得極不協調。不僅如此，牆壁、檔案櫃和辦公桌也是毫不搭配的各種顏色，有黃色、紫色、綠色和橘紅色等，讓人看了眼花撩亂。說實在的，我很難忍受那些不倫不類的東西，只有房租符合我的心願。我暗暗打算，等過段時間，一定要重新裝修一下。

那一星期我大部分時間都是在城外辦事，昨天剛回來。

我坐在辦公室裡，想聽聽祕書小姐的錄音，看看有沒有什麼事情發生，於是我打開錄音，裡面傳來祕書琳達小姐柔美的聲音：先生，我已經處理完了所有的日常事務，不過有一件事需要告訴你，有一個叫阿里克斯·林納德的人曾打電話找你，他說自己曾是空軍中隊長，這個人說話的口氣很大，絕對有一種「你一定聽說過我」的語氣，我沒有理會他的這種自以為是，因為我從來沒有聽說過他……

聽到這裡，我不禁苦笑了一下，琳達小姐這話讓我感到自己的確是老了。我知道，阿里克斯·林納德曾是個非常出色的戰鬥機飛行員，在不列顛戰役中，他英勇神武，但那畢竟是很久以前的事情了，即便是琳達的父母，當時也不過是十幾歲的孩子。

「我從來沒有聽說過他。」因為走神了，我不得不再次按下播放鍵，錄音裡面又傳出琳達小姐的聲音：他希望你盡快和他聯繫，他的住址是五月花廣場的梅博里大廈，雖然他一年才來倫敦一次，但那裡有他一套永久性的住房。看樣子他一定很有錢，可是不知為什麼，他電話裡的聲音很急切，好像坐立不安的樣子。他還說他在飛機上睡了不少覺，但他沒法堅持二十四小時以上，也就是說等你回來後，只剩下八個小時了……

錄音上的話還沒有說完，琳達小姐就風風火火地闖進了我的辦公室，我只好按下了暫停鍵，吃驚地看著她。

「先生，很抱歉，昨天晚上我本來要洗掉那盤磁帶的，可是男朋友找我有事，結果我就把這事給忘了。」她不好意思地說。

「這不錄得挺好嗎？為什麼要洗掉呢？」我不解地問。

「是這樣的，」琳達小姐說，「昨天晚上他來過了，就是那個自稱是空軍中隊長的林納德，他決定取消和你的約見，並且說了很多抱歉的話，他認為是自己出爾反爾，同意適當做出補償。先生，我覺得中隊長這個人不錯，和你差不多，當然，我指的不是年齡。」說這話時，她的臉紅了。

「琳達，」我強忍著不滿，「我不要聽這些禮節性的用語和外交辭令，這不適合妳，我要聽的是事實！」

「我並沒有做錯什麼呀？」琳達小聲嘟囔著，那眼神中既有氣憤也有責備，「沒必要發這麼大火，不就是取消了一次很普通的約會嗎？而且是他自己堅持要付五十英鎊的，或許他覺得向別人求救是件很慚愧的事，所以希望趕快被忘掉。」

我不禁皺起了眉頭，一邊輕輕地按摩起自己疼痛的後背，一邊思索著：「不應該這樣呀，阿里克斯·林納德是一個勇敢、機智的空軍飛行員，為什麼會在發出求救信號後，又倉皇地收回呢？難道三十年的時間就把一個無所畏懼的硬漢變成了一個畏首畏尾、瞻前顧後的人了？不可能！這背後一定有隱情。」我堅信自己的判斷。

我平時就非常重視蒐集與自己這一行有關的消息，這時，我想起了曾經保護過一個奈洛比商人的事情，當時，那個商人到倫敦來，是想用鑽石換現金，但實際上他這兩樣東西都不想丟，有一次我在旅館等候時，好像聽人說起過阿里克斯·林納德這個名字，而且這個名字至少與兩起暗殺企圖有關，難道這之中有什麼關係嗎？於是，我馬上找到林納德在梅博里大廈的電話號碼，撥了過去，但是電話那頭傳來「嘟嘟」的忙音，根本沒有人接聽。

我覺得很奇怪，心裡想：「現在正值中午，林納德到哪裡去了呢？他應該待在房間裡呀！看來，我還得把琳達小姐叫過來，再仔細問問，剛才我的態度不好，可能一些細節她都沒有說。」

「琳達，請幫我沖兩杯咖啡來。」我大聲招呼著。

不一會，琳達就端著兩杯咖啡進來了，看得出，她的情緒比剛才緩和了許多，我自己留下一杯咖啡，將另一杯讓給了她。

「琳達，林納德的電話打不通，你想想，他還能到哪裡去呢？」我問道。

「先生，既然他已經取消了預約，你何必還要這樣費心找他呢？說不定他已經離開這個地方了。」

「嗯，也有可能。」我喝了一口咖啡，沉思著……突然，我抬起頭盯著琳達的眼睛，「琳達，妳還記得那天林納德來訪的情況吧？把具體經過向我描述一下，越細越好。」

「好吧，」她說，「其實，也沒有什麼可說的，只是他一進來好像有點緊張，先生，你都不知道，他付給我五十英鎊時，還把錢掉在了地板上，噢，對了，」這時，琳達竟然忍不住自己先咯咯笑了起來，「他還是個色盲，他告訴我取消約會後，就急匆匆地要出去，我告訴他那扇綠色的門是出口，可他卻頭也不回地走進了那扇紅色的門，結果一下子就走進了洗手間，也就是儲藏室，我在後面不停地說：『先生，你走錯了，應該是綠色的門！』於是他就又換了一個，去開那個粉色的門了，自然又進了消防樓梯，他轉來轉去找不到出口，氣得都想罵人了，我也忍不住總想笑，最後還是使勁憋著把他從綠門帶了出去，真有意思！先生，你沒看到當時他的表情有多滑稽……」

還沒等琳達講完，我就轉身一把抓起了電話，迅速接通了蘇格蘭場的布萊克警官。

「喂，是布萊克警官嗎？我是默洛克，聽著，小夥子，你趕快派人到梅博里大廈東座 524 房間去，情況很緊急，有人要殺死林納德，對，就是那個支持非洲獨立的林納德，要快，我在那裡和你碰頭，好，掛了。」

當布萊克警官和他的手下踢開梅博里大廈東座 524 房間的門時，發現阿里克斯·林納德已昏迷不醒地倒在臥室內，他們以最快的速度把他送進醫院搶救，後來，林納德終於醒了過來，據醫生說，如果再晚來半個小時，他就沒救了。

清醒後的林納德對我和布萊克警官說：「我確實是服用了大劑量的安眠藥，因為那個人讓我在藥物和子彈中選擇，於是，我在兩者均必死無疑之間選擇了服用藥物，或許那個人也認為這樣更容易偽造自殺現場。」

我聽著默洛克的講述，眼前似乎出現了一副怪異而醜惡的情景：那個人拿著槍，坐在床邊，冷酷地看著林納德猶豫了片刻，然後一仰頭將藥吞下……漸漸地，他的呼吸緩慢和艱難起來，臉色也越來越蒼白……

我看著默洛克，發現他的眼神透著一股堅毅和淡定，這才是一個神探的氣質！

不過，我還是有些疑問，趁此機會也就一股腦地提了出來。

「你是怎麼知道林納德將會遭遇殺手呢？而且還那麼肯定？」我問道。

「當我知道到我辦公室來的那個林納德是個冒牌貨時，我就明白了，他為什麼要這樣做？最可能的原因就是阻止我去尋找真正的林納德，他以為我不認識林納德。」默洛克說。

「暗殺者是怎麼知道你和林納德有約見呢？」

「很簡單，搞竊聽唄。」他說，「他們或者是竊聽了林納德給我打的電話，或者是在他隔壁房間安裝了監聽裝置，這些都是罪犯們慣用的伎倆。布萊克警官的人對林納德房間的電話進行了檢查，但沒有發現被竊聽，他們又仔細檢查了牆壁，發現牆桌布下面隱藏著一個小洞，直接通到隔壁的 523 房間，所以布萊克警官他們在機場抓住了他，那是一個有犯罪前科的人。」

「可是，」我還是有些疑惑，「是什麼引起了你對那個假林納德的懷疑？你們又沒有見過面，只是透過琳達小姐的簡單描述？」

「哈哈！小夥子，用你那聰明的腦子想一想不就明白了？色盲的林納德肯定是個假貨！」

「色盲？」噢，我想起來了，琳達小姐還為他幾次走錯門而暗暗竊笑呢。

「明白了吧？小夥子，色盲怎麼能成為英國皇家空軍的飛行員呢？」默洛克微笑著反問我。

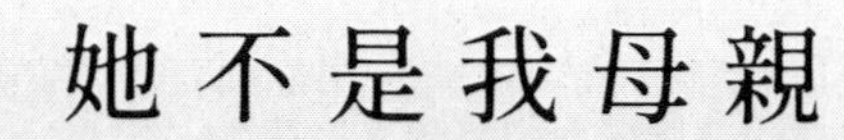

她不是我母親

坐在韋萊茨醫生面前的是一個小女孩，名叫克萊爾·塔蘭特，她的父親是卡特·塔蘭特，母親是黛拉·塔蘭特。

「好孩子，請妳告訴我，妳為什麼那麼厭惡妳的母親呢？」韋萊茨醫生和藹地問道。

小塔蘭特顯然不喜歡聽「厭惡」這個詞，她緊緊地抿著嘴唇，不吭氣，但是她那親愛的姑媽露西對醫生訴說時卻是用的這個詞：「醫生，請你仔細檢查一下，她爸爸和我都不能理解這孩子究竟是怎麼了，她一向性情溫柔、通情達理，一家人本來是其樂融融，可是她卻突然厭惡起自己的母親來了！」

小塔蘭特長得很像她父親，也有一雙漆黑發亮的眼睛、蓬鬆捲曲的頭髮和黃褐色的皮膚，而且她的個子很高，如果和父親站在一起，她已經到父親的肩膀了。

父親和姑媽對小塔蘭特的變化都感到困惑不解，尤其是姑媽，最疼愛小塔蘭特了，她幾次向父親提出要帶小塔蘭特去看心理醫生，小塔蘭特記得當時父親還不高興地皺了皺眉頭。

小塔蘭特對父親的感情很深，平常她只要一想起父親，心中就充滿了快樂，但是今天卻有點不同，她覺得內心的這種快樂消失了，她清楚，是自己傷害了父親，因此感到很難過。其實，她是不願意看心理醫生的，覺得那是一件毫無意義的事情，只是她不願意讓露西姑媽太難過，才同意跟姑媽來心理醫生這裡。

別看小塔蘭特只有十二歲，但她還是挺有主見的，她堅信自己是對的。或許是由於心事重重的緣故，雖然她今天穿著白上衣和小裙子，頭上繫著蝴蝶結，但看上去比實際年齡要大很多。

「好孩子，別緊張，隨便從什麼地方談都可以，要不，就跟我說說你小時候的事？」韋萊茨醫生不愧是專業人士，他又巧妙地把小塔蘭特引到他想了解的話題上。

「我記得，小時候我們住在舊金山……」她突然停住了話，猶豫著是否該把露西姑媽沒有告訴他的事也告訴他，她抬頭看了看韋萊茨醫生，只見他面帶微笑，就決定繼續說下去。

「我的母親和父親是在舊金山認識的，後來，他們就在那裡結了婚。」

「好，妳接著說吧。」韋萊茨醫生鼓勵著。

「當時，我父親是在一家大公司工作，可公司總是頻繁調動他，一段時間在這個工廠，以後又調到另一個工廠，父親不願意總這樣，後來就想方設法讓公司派他到波士頓附近的一個小鎮工作了。我聽說，父親和姑媽都是在那個小鎮長大的，父親比姑媽小十五歲，自從祖父母去世後，是姑媽一手把他帶大的。」

小塔蘭特說著說著，又想起了一件事，「姑媽經常對我說：『妳長得很像父親』，她還說『妳父親從兩歲起就比其他同齡的孩子要聰明得多，等到他上學時，就已經像個大人了。』每當這時候，姑媽總會對我微微一笑，誇獎我和父親一樣堅強，甚至在自制力方面還超過了父親。」

或許是在這種環境和引導下，小塔蘭特不得不學會控制自己，但是難熬的時間卻讓她開始變得越來越不耐煩了，她很想發作，但是又不得不忍受，因為誰都不相信她，甚至連她最摯愛的露西姑媽也認為她這只是孩子氣的心理。

一想到這裡，小塔蘭特突然大聲對韋萊茨醫生說道：「塔蘭特家族的人全都死光了，只剩下爸爸、露西姑媽和我了，我母親在她叔叔死後，家裡也只剩下她一個人了，所以她和爸爸兩個人都想回到家鄉，和姑媽一起生活。」

「說下去。」韋萊茨醫生低聲說。

小塔蘭特很想知道面前的這位醫生在想什麼，尤其是想知道露西姑媽都對他說了什麼，比如說，是不是告訴他自己的智商在就讀的所有學校中都是最高的？是不是把自己現在正在神童班學習的事也告訴了他？她認為這些才是最重要的，至於他想些什麼或者說些什麼則都是無關緊要的，如果露西姑媽真的把這些事都告訴了他，那麼他一定不會懷疑她這麼做是為了引人注目，也一定會開始相信她所說的話了。

「還有什麼？再想想……車禍……」醫生又催著她往下說。

小塔蘭特清楚地聽到了「車禍」兩個字，她想了一會兒，又接著說道：「是的，我想起來了，那是一次可怕的車禍，當時爸爸和我很幸運，只是被甩出來，受了點輕傷，而另外一輛車裡的人就慘了，他們全都死了，雖然那時我只有五歲，但是車禍的場面我記得很清楚，死者是一對年輕夫婦。」

「那次車禍是發生在妳父母帶你去東部的時候嗎？」

「是的，當時我父親調到那裡工作，在俄亥俄州的一個小鎮就發生了車禍。」

「那麼妳母親呢？」韋萊茨醫生問道，不過很快他就有些後悔了，因為他認為這個孩子肯定不願意說這些事，後來轉而又一想，從車禍發生到現在已經有七年了，這個孩子已經習慣了，而且她還會經常想起這件事。

「我母親是從毀壞的汽車底下被挖出來的，她傷得很重，在醫院裡經過幾個星期的搶救，才活了下來。」小塔蘭特說著說著，一下子就想起了車禍後那漫長的幾個星期，她還清楚地記得，在那段時間裡，父親幾乎都是在離家數百英哩遠的醫院裡度過的，家裡只有她自己，這讓她感到非常孤獨。

「她的容貌全都被毀了。」她突然說道。

「當妳看到她那個樣子時，是不是很不舒服？」韋萊茨醫生低聲問道。

坦率地說，剛開始也許是很不舒服，不過那畢竟是自己的母親啊！況且她也知道，過幾年後就一切都會好起來的。

在車禍後的第一年，儘管父母都不在她身邊，但在露西姑媽的悉心照顧下，她的生活還是很愉快的。

後來，父親公司的主管看到他既要工作，又要到醫院照顧妻子，還要牽掛家中幼小的女兒，十分辛苦，就暫時將他調到俄亥俄州的一個小鎮工作，因為小鎮離母親住的醫院很近，這樣，父親就有機會來看望她，但父親每次都是來去匆匆，停留的時間總是很短暫。

「過了不久，母親就出院回家了，父親為了便於照顧她，就租下了緊靠著露西姑媽的一棟房子，實際上，從那以後我就有兩個家了。在一個家裡，那個女人像幽靈一般，總是悄無聲息地在屋裡走來走去，誰也不知道她在想什麼，或者是要做什麼，她總是把屋裡的窗簾拉得嚴嚴實實的，將陽光擋在外面，她還一刻也離不開自己丈夫；而另一個家就是露茜姑媽家了，因為每當母親需要治療或休息時，父親就會讓我住到那裡去。」

事實上，小塔蘭特非常喜歡姑媽的那個家。「後來，當妳知道母親又要離開一年時，妳是什麼感覺？」韋萊茨醫生問道。

小塔蘭特想了想，說：「我很高興。因為，自從發生車禍後她就徹底改變了，我說的不僅是指她的容貌，而且還有她的整個舉止，她以前總是很快樂、很開朗，但現在完全變了！我們家的人都知道，等母親到三十五歲的時候，就是去年，也就是車禍後的第六年，她就能合法地繼承叔叔的遺產了。」這時，小塔蘭特移動了一下身子，然後繼續說道：「我聽父親說過，她的臉透過整容手術就能恢復正常，為了讓我了解這件事對她的重要性，父親還仔細地向我解釋過。所以，當她要離家去做整容手術時，我很高興，儘管時間很長，但我知道，那樣她就能繼承叔叔的遺產了。」

「噢，」韋萊茨醫生若有所思，「那麼在她繼承遺產前，妳父親沒有打算讓她做整容手術？」他問道。

「沒有，因為她還有更重要的事要先做，比如她要學習走路，學習使用雙手，她被燒得很嚴重，不僅要進行皮膚移植，還要進行其他方面的治療，這些事情總不能同步進行吧。」

「妳說得對，做這些的確需要時間。」韋萊茨醫生點點頭說。

或許是出於某種原因，小塔蘭特認為自己有必要繼續為父親辯護，她看著韋萊茨醫生，認真地說：「為了母親，父親幾乎用光了他所有的積蓄，而露西姑媽的收入又很少。」

韋萊茨醫生溫和地說：「我想可能還有保險金。」

小塔蘭特則解釋說：「我聽露西姑媽說，那點保險金少得可憐，根本無濟於事。還有，車禍的責任雖然在那對年輕夫婦身上，但是他們沒有任何親戚，所以也無法賠償。再說，父親又不願意找人去借錢，所以經濟非常拮据。」她停了停，似乎有些放鬆地說，「如果母親繼承了那筆遺產，就解決大問題了，可以支付整容手術那昂貴的費用了。」

小塔蘭特又記起自己和露西姑媽一塊兒等待父母回家那天的情景，她興奮地說：「那是多麼美好的一天啊，我一大早就急切地盼望著。上午十點多鐘，我聽到門外傳來母親的歡笑聲，要知道，自打車禍發生後，我很久很久都沒有聽到這種笑聲了，當時我高興極了。」

韋萊茨醫生看得很清楚，小塔蘭特說這些時，臉上洋溢著幸福的笑容。

突然，她臉上的笑容消失了，她從椅子上站起來，沉著臉說：「我原本答應姑媽跟你說，可是現在我先說了，這又有什麼關係呢？告訴你，那個女人根本不是我母親！」說完，便頭也不回地走了。

韋萊茨醫生默默地看著她的背影。

過了一個星期，小塔蘭特禁不住姑媽的催促，又來到韋萊茨醫生這裡。這一次，韋萊茨醫生照樣先聽了一遍她的講述，然後溫和地建議說：「我想，妳也許應該試著從妳父親的角度來看這件事。」

「什麼？從他的角度？」小塔蘭特的聲音有些不安，她盯著韋萊茨醫生的眼睛，憤憤地說：「他認為我是在嫉妒，嫉妒我母親！」

「噢，你認為他完全錯了。」韋萊茨醫生隨聲附和著。

「我已經七年沒有母愛了，所以，我非常希望重新享受母親那特有的愛，希望得到那個快樂、慈愛的母親，難道我說得不對嗎？」

「那她現在不是這樣嗎？」

小塔蘭特搖了搖頭，她感到心裡一陣抽動，「對不起，韋萊茨醫生，無論你怎麼說，都無法讓我相信她是我母親，即使我們一直這麼談下去，也永遠不會有結果的。」

看到這種情形，韋萊茨醫生無奈地搖了搖頭。

後來，露西姑媽又帶著小塔蘭特看了十幾次，也同樣毫無效果。最後，父親和露西姑媽經過商量，決定不再帶她到韋萊茨醫生那裡去了。

但是，她父親很快又作出了一個新的決定：帶黛拉出去旅行。

這一天，小塔蘭特正一動不動地坐在露西姑媽客廳的角落裡，父親走了過來，他有些不高興地說：「妳母親，她已經受夠了，再也無法忍受妳了！」父親說著，突然提高了嗓門，「妳怎麼這樣不懂事，知道妳這樣做對她是多大的傷害嗎？」他或許是意識到自己太不冷靜了，於是又緩和了下來，「我準備帶妳母親出去旅行，這樣對她的身體康復有好處，什麼時候妳恢復了理智，我們才會回來。」

「卡特！你別……」站在一旁的露西姑媽不願意弟弟這樣責備小塔蘭特，難過地喊了一聲。

「噢，對不起，我忘了妳還是個孩子。」說著，父親俯下身來，慈愛地看著女兒，「好孩子，作為一個丈夫有很多辦法知道他的妻子，當然，那些辦法妳現在還不能理解，但妳一定要相信我的話，我知道真假。」

小塔蘭特面無表情地看著他，她的心依然在一陣陣抽動。

「好了，卡特，你再給她一點時間吧。」露西姑媽見狀走過來勸解說，「她由我來照看，你就放心地和黛拉出去旅行吧。」

「好吧，」卡特沮喪地說，「姐姐，我對這個孩子實在是沒有辦法了，我把她交給你了！」說著，他低著頭走出房門，那瘦長的身子顯得愈發僵硬。

小塔蘭特依然坐在那裡，沒有起身去攔他，她似乎已經麻木了，這倒不是因為父親的沮喪，更不是因為原本說好要帶她一起去旅行的，而是因為別人不相信她。不過無論如何，她始終堅信自己是對的，她甚至暗暗地想：父親離開也好，這樣自己下一步的行動就變得更容易了。

小塔蘭特清楚，當初姑媽提議帶她去看心理醫生，父親是勉強同意的，但如果他知道自己的下一步行動，肯定是要竭力阻止的，現在只剩下姑媽就好辦多了。

父親帶著母親走後，小塔蘭特就開始左磨右纏露西姑媽，最終，儘管姑媽知道她的下一步行動後也大吃一驚，但還是拗不過她，只得同意了，當然，姑媽之所以同意這麼做，也是想透過這些行動徹底打消小塔蘭特心中的疑慮。

小塔蘭特準備去警察局了，露西姑媽堅持陪她一起去，因為她擔心警察不會相信一個小孩子的話，可能連理都不會理她，如果那樣的話，就什麼事情也辦不成了，小塔蘭特的計畫也就泡湯了。

警察局長科斯塔熱情地接待了她們，這是一個體格健壯的中年人，由於全身心地投人工作，至今也沒有成家。

科斯塔局長嘴裡叼著一支雪茄，看著眼前這一大一小兩個人，不知道她們要說些什麼，那飽經風霜的臉上也顯出一絲疑慮，然而，當他聽完小塔蘭特確信不疑的講述和露西姑媽的擔心後，就開始對此感興趣了。

「她還是個孩子，對嗎？」他問露西，「妳相信她的話嗎？」

「哦，」露西姑媽的臉紅了，「我也不相信，不過我們仔細談過這件事，今天我之所以要和她一起來，就是相信她能在你這裡得到幫助，即便你不願意介入此事，我相信你也會為我們保密的。」接著，她又很肯定地補充說，「她是還很小，剛剛十二歲，但她已經非常成熟了，就像她父親那樣，因此使得這件事很難辦，我和她父親都很傷腦筋，或許你能幫助她恢復理智，請你幫幫我們吧！」

科斯塔局長默默地看了看露西，又掏出一支雪茄點上，然後他轉向小塔蘭特問道：「小女孩，妳說她花了一年多時間去醫院做整容手術，那麼，妳總不會指望她回家時會跟七年前一模一樣吧？」

「當然不會，」小塔蘭特很坦率地說，「我聽父親說，即使他們有許多她以前的照片，也無法讓她完全恢復到以前的模樣，我從來沒有指望會發生那樣的事情。」

「妳那時才五歲，能清楚地記得妳母親的模樣嗎？」

「不能，我只是模模糊糊地記得。」

「那，你覺得她有什麼地方不對勁呢？」

「好像是，眼睛，」小塔蘭特似乎有些猶豫，「當我聽到她的笑聲時，我以為她就是母親，你知道嗎，自從發生車禍後，她就從來沒有笑過，所以，我聽到她那麼快樂的笑聲，真是太高興了！」這時，她的心又開始抽動起來，「可是，當她看著我時，我從她的眼睛……對，就是她那雙眼睛讓我斷定，她不是我的母親，儘管她的眼睛也是藍色的，跟我母親照片上的很相似。」

「你為什麼這樣肯定呢？」科斯塔局長問。

「因為，以前我們家幾乎每天都要玩一種遊戲，父親和母親會一本正經地說一些最荒唐的事，或者是編一些最不可信的故事，有時候只是他們兩人之間在開玩笑，當然多數時候還是為了逗我玩，我分辨他們究竟是開玩笑還是當真的唯一辦法，就是直盯著他們的眼睛，每次總能分辨出他們是真還是假，所以，我不僅熟悉母親的眼睛，也熟悉父親的眼睛。」

「小女孩，假設妳說得是對的，那麼，一年前妳母親在妳父親陪伴下去紐約一家醫院做整容手術，在她住院期間，妳們兩個去探望過她嗎？」

「我沒有去，只有父親去過，他說母親在做手術前除了他之外，不想見其他任何人。」

「當時，她父親想每星期看她一次，但被她拒絕了，你知道，這完全要看她高不高興。」露西姑媽插話說，「還有，整容手術是很痛苦的，為了改善她的容貌，有時還必須先讓她的容貌變得更糟一點，醫生也不想讓她受到太多打擾，所以我們就不好再去了。」

「聽著，小女孩，如果妳是對的，」科斯塔局長的口氣突然變得嚴厲起來，「那麼妳父親也是同謀，妳同意這一點嗎？」

「不！」小塔蘭特堅決地說。

科斯塔局長將手中的雪茄放下，對小塔蘭特說：「我剛才聽妳說過，是妳父親帶她去的醫院，他幾乎每星期見她一面，是他把她帶回家的，那麼妳說說看，有誰能瞞過他取代妳母親的位置呢？」

「我不知道。」小塔蘭特搖搖頭，但她緊接著又堅決地說：「反正她不是我母親！」

「除非……」科斯塔局長摸著自己的下巴沉思著，「嗯，除非她做了什麼快速整容術，一夜之間改變了她的模樣。」

「妳有她最近的照片嗎？」他問露西姑媽。

「沒有，」露西姑媽說，「你想想，車禍後的照片……沒有人願意……」她哽咽著說不下去了。

這時，小塔蘭特突然眼前一亮，說道：「醫院在手術前和手術後不是都要拍照還要取指紋嗎？」

科斯塔局長顯然對這個小女孩的快速反應感到驚異，注視了她好一會，說:「嗯，有道理。」然後他又轉向露西姑媽，

「如果我們做一些調查，妳認為會對她有好處嗎？」

「我想會有好處的。」露西姑媽回答著，然後她又對小塔蘭特說：「親愛的，我們已經試過別的辦法了，而這正是妳想要的，對嗎？」

小塔蘭特肯定地點了點頭。

當她們起身要離開時，科斯塔局長輕輕地撫摸著小塔蘭特的頭，眼中充滿了同情和憐愛，他溫和地說：「別著急，小女孩，我們一定會為妳找到妳想弄清楚的東西，給我點時間好嗎？」

「謝謝！」小塔蘭特望著這位個子高大的警察，感激地說。

她們剛走出門口，小塔蘭特忽然又像想起了什麼似的，回過身來，急切地對科斯塔局長說：「或許我能發現一些指紋，如果那樣，也可以拿來給你們看嗎？」

「當然可以。」科斯塔局長微笑著答應了。

在接下來的日子裡，小塔蘭特就開始尋找指紋了。

她在父親的房間裡仔細地檢視，結果沒有發現任何清晰可見的指紋，一定是那個勤快而認真的清潔工打掃房間時擦掉了，小塔蘭特心裡很著急。她知道，這屋裡有些東西母親肯定是碰過的，還有些東西「那個女人」也擺弄過，可是，當她把這些東西交給負責指紋鑑定的凱勒警官後，經鑑定，凱勒警官告訴她，這些東西上除了她自己和露西姑媽以及清潔工的指紋外，再沒有別人的，儘管有些東西上也有指紋，但是模糊不清，根本沒有利用價值，這讓小塔蘭特感到很失望。隨著日子一天天過去，小塔蘭特也漸漸失去了信心，不過，她還始終堅持著一個做法，就是將她偶爾從菲律賓、日本、中國以及其他地區收到的明信片交給凱勒警官，儘管凱勒警官告訴她這樣做毫無意義，因為碰過這些明信片的人太多，上面已經沒有清晰的指紋時，她仍然固執地做著。

小塔蘭特沒事的時候，便到警察局去，凱勒警官會和藹地跟她聊天，還會告訴她關於指紋方面的理論和最新動態，有時科斯塔局長碰到她，也會和她說幾句話，這讓她感到很溫暖，所以也就耐心等待最後的結果。

又過了幾天，科斯塔局長終於從紐約那家醫院得到了回覆，他拿著醫院寄來的照片，對小塔蘭特和她的姑媽露西說：「沒錯，和我們預料的情況完全一致！」接著，他又拍拍小塔蘭特的肩膀，「小女孩，這回妳總該相信了吧，這可都是鐵證啊！」說著，他順手把照片遞給了她，「醫院通常是不會取指紋的，但是他們給她每做一次整容手術，就會拍照一次，如果第一張是她，那麼其餘的毫無疑問也是她。」

小塔蘭特接過照片仔細地看著，過了一會兒，她又一言不發地遞給了姑媽。

「這就是黛拉！」露西姑媽看完照片，十分肯定地說，「親愛的，她真是你的母親，不會錯的！」

小塔蘭特沉默不語，她低頭看著手裡的一個信封，從一隻手換到另一隻手，覺得很不對勁。終於，她抬起頭看了看科斯塔局長，說:「這是我今天早上收到的信，是她寄來的。」她發現「母親」這個詞很難從自己嘴裡吐出來，「她在信中說，她很想回家，我本來是想把這封信交給凱勒警官的，好讓他檢查指紋，我相信裡面信紙上的指紋應該是很清晰的，不過，現在看來它已經沒有什麼用了。」

「小女孩，我剛才給妳看了證據，證明那個女人就是妳母親，妳看，我還能再做什麼呢？」

科斯塔局長溫和地說。

「唉！」露西姑媽嘆了一口氣。

小塔蘭特沒有吭氣，她跟隨露西姑媽默默地離創辦公室，並且始終沒有回頭和左右張望。

這時，她似乎聽到身後傳來科斯塔局長展開信紙的沙沙聲，那是她在最後一刻悄悄塞到他手裡的。

兩天後，科斯塔局長又把她們兩人叫到辦公室，他先請她們坐下並聊了幾句家常話，然後就轉身坐到自己的椅子上，這時，只聽他清了清嗓子，又重重地嘆了一口氣。

「怎麼？」露西姑媽一臉茫然。

小塔蘭特則非常嚴肅地瞪大了眼睛，「你發現了什麼？」她輕聲問道。

「哦，我想了很長時間，」他拿起一個信封，眼睛看著露西姑媽，「上次妳們走的時候，妳姪女把這封信留給了我，這封信寫得非常感人，是那個女人寫的，就是她堅絕不承認是自己母親的那個女人。」稍停了片刻，他又接著說，「妳姪女的懷疑可能是正確的！」

「什麼？」露西姑媽驚訝地睜大了眼睛，用手捂住嘴巴，「不會的，她是黛拉，就連小塔蘭特現在也承認她是自己的母親了。」

「聽我說，如果她不是，如果真正的黛拉已經死了並被埋葬了。」科斯塔局長語氣平靜而嚴肅地說。

小塔蘭特和露西姑媽頓時驚呆了，她們互相瞧了對方一眼，然後又充滿疑惑地看著科斯塔局長。

「你，你是說，我母親……死了？」小塔蘭特聲音顫抖地問。

「其實我什麼都不知道，只是在假設。」科斯塔局長說著，把信放在桌子上，「小女孩，我聽凱勒警官說，在過去幾個星期裡，妳學到了許多有關指紋的知識，已經知道一個清晰的指紋是多麼重要，所以妳把這封信交給了我們，我們的確從信紙上得到了一個非常清晰的指紋，然後把它送到華盛頓，那樣就可以得到許多關於她的情況。」科斯塔局長不緊不慢地又拿起信封，敲了敲桌面，「華盛頓可能已把她的指紋存檔了，當然，這樣做或許有幾個原因，比如，她可能在政府部門工作過；可能在軍隊服役過；甚至，還可能是一個罪犯。現在，我已經收到華盛頓指紋檢測中心的回覆。」

科斯塔局長停下來，仔細地打量著她們，只見小塔蘭特兩眼直勾勾地注視著他，露西姑媽的面部肌肉也彷彿僵硬了，「假設，這個指紋是屬於威廉太太或者說黛西·安布羅斯的，知道這對你們意味著什麼嗎？」

露西姑媽頓時目瞪口呆。

「我知道它應該是有意義的。」科斯塔局長繼續說道，「她不就是被認為和她丈夫一起死於七年前車禍的那個女人嗎？所以，也許這個小女孩的母親才是真正的死者，而那個女人並沒有死去。」

「但是，卡特？」露西姑媽顯然還有質疑。

「對，」科斯塔局長點點頭，「問題就在這裡，妳弟弟把仍然活著的那個女人認作他的妻子，他為什麼要這樣做呢？我想，這是因為，即便她是一個陌生的黛西·安布羅斯，但是她還活著，而且六年後，她將繼承一筆遺產，就是說，她在六年中仍然活著。」

小塔蘭特聽著他們說話，一動也不動，而露西姑媽則還是疑惑地問道：「可是，卡特並不認識這個安布羅斯太太呀？」

「這沒有關係。根據妳的描述，當年發生車禍後，妳弟弟是有足夠的時間與她溝通的，你不是說，在她完全清醒之前的幾個星期，妳弟弟不是一直守候在她床邊嗎？至於她的過去無關緊要，因為她的丈夫在車禍中死了，他們又沒有任何親戚，也不可能有人來認領屍體，有誰知道威廉．安布羅斯和他妻子呢？既然如此，她有什麼理由不同意呢？」科斯塔局長自信地說。

「哦。」露西姑媽似乎明白了什麼，也點了點頭。

「還有，她和塔蘭特太太的膚色和身高幾乎是一樣的，真是好運氣，誰能發現她是假的呢？她受了重傷，只有一個五歲的小女孩認識真正的黛拉．塔蘭特，這麼小的孩子怎麼能構成對她的威脅呢？難道不是這樣嗎？」科斯塔局長繼續抽絲剝繭般地分析著

「你的意思是，自從車禍後，就一直不是我母親？」一直默不作聲的小塔蘭特突然語氣冷冷地說。

「可能不是，小女孩，」科斯塔局長說，「妳想一想，在車禍後的那些年裡，她是不是總是背著臉，不肯讓人看到她受傷的臉？她是不是從未正視過你的眼睛？她是不是盡量避開妳？在妳父親的屋子裡，她是不是總把窗簾拉上？從妳五六歲起，是不是主要由姑媽照顧妳？小女孩，我說得對嗎？我

敢打賭，如果妳仍然記得她的眼睛的話，那一定是妳非常小的時候的記憶。」說完，他靜靜地等著她的回答。

然而，小塔蘭特卻絲毫不理會他的問題，突然問道：「我父親知道這件事嗎？」

「我想他應該知道。如果我們的推測是確切的話，那麼，要想替換醫院的那些照片，只有一次機會，就是在車禍剛發生的時候。」科斯塔局長盯著小塔蘭特說，「妳交給我的那封信我已經讀了，現在妳告訴我，妳希望我怎麼處理它，還要我找出上面的指紋嗎？」

小塔蘭特眨眨眼睛，沒有說話。

「聽我說，小女孩，妳可能是對的！」科斯塔局長看著她，「當然，如果那個女人真是假的，政府對初犯者的懲罰並不太嚴厲，也許坐幾年牢就行了」

「你是根據這封信上可能有的一個指紋，作出這些推論的嗎？」她握緊拳頭，臉色凝重地說，似乎這時她的心又開始抽動了。

「是的。」

小塔蘭特默默地走到桌子跟前，她拿起那封信，想了一下，就慢慢地把它撕成了碎片，這時，她感到內心的抽動也消失了。

「你這些推論有什麼根據呢？」她平靜地問。

「要知道，一個真正出色的警官可能已經把這封信影印下來了，他甚至還可能把它放在檔案中以備哪天妳又改變主意了，但是，」說到這裡，科斯塔局長嘆了一口氣，只不過這次不像前幾次那麼沉重了，「小女孩，也許妳把所有的證據都撕毀了。」

一個星期後，小塔蘭特和露西姑媽早早就來到羅崗機場，她們等著西海岸來的飛機降落。

「姑媽，妳看，飛機要降落了！」小塔蘭特興奮地說著。

飛機的舷梯已經搭好，乘客們開始魚貫而出，小塔蘭特的眼睛在人群中急切地搜尋著，「他們在那裡！」露西姑媽喊道。

小塔蘭特看到了，她那英俊瀟灑的父親卡特．塔蘭特正挽著一個晒得黑黑的、漂亮優雅的女人手臂，輕鬆而自信地走向她們。

小塔蘭特飛一般地奔向父親。

「妳好，我的寶貝兒！」父親高興地抱起她，然後又費力地掙脫她的手，「別急，我們很高興看到妳！」他將身子轉向身邊的那個女人，急促地說，「寶貝兒，快來，這是妳的母親，你該向她問好呀？」

當小塔蘭特直視黛拉的眼睛時，她似乎顯然非常猶豫，不過，她不顧內心的抽動，一下子就撲進了那個女人的懷抱，迅速地吻了她一下，輕快地說：「母親，歡迎您回家！」

電子書購買

爽讀 APP

國家圖書館出版品預行編目資料

紅粉女賊 —— 隱藏在黑暗中的真相，不到最後不見光 / [美] 亞佛烈德 · 希區考克（Alfred Hitchcock）著，關明孚 譯 . -- 第一版 . -- 臺北市：崧燁文化事業有限公司 , 2024.05
面；　公分
POD 版
譯自：The pink lady thief.
ISBN 978-626-394-299-8(平裝)
874.57　　113006539

紅粉女賊 —— 隱藏在黑暗中的真相，不到最後不見光

臉書

作　　者：[美] 亞佛烈德 · 希區考克（Alfred Hitchcock）
翻　　譯：關明孚
發 行 人：黃振庭
出 版 者：崧燁文化事業有限公司
發 行 者：崧燁文化事業有限公司
E-mail：sonbookservice@gmail.com
粉 絲 頁：https://www.facebook.com/sonbookss/
網　　址：https://sonbook.net/
地　　址：台北市中正區重慶南路一段 61 號 8 樓
8F., No.61, Sec. 1, Chongqing S. Rd., Zhongzheng Dist., Taipei City 100, Taiwan
電　　話：(02) 2370-3310　　　傳　　真：(02) 2388-1990
印　　刷：京峯數位服務有限公司
律師顧問：廣華律師事務所 張珮琦律師

定　　價：299 元
發行日期：2024 年 05 月第一版
◎本書以 POD 印製
Design Assets from Freepik.com